小説 詩吟家元物語

久米章之 KUME Nobuyuki

文芸社

目次「小説　詩吟家元物語」

【主な登場人物】

詩選流滋賀県夕照会

千田翔甫（静香）＝この物語の主人公。少女時代より吟界で名を上げ天才吟士との評判。大津市の千田俊郎小児科医と結婚。詩選流滋賀県南支部長時代の雅号は千田翔甫。

花谷栄甫（栄子）＝静香の母。詩選流滋賀県夕照会副会長。最高幹部会メンバー。薩摩琵琶の名手。

禾本李甫（孝雄）＝滋賀県夕照会初代家元会長。彦根市に禾本吟詩舞会館を建設。禾本医院院長。娘の瑞希を盲愛。急性心筋梗塞で死亡。享年八十一歳。静香の師匠。

禾本水甫（瑞希）＝孝雄が医学生時代に不義の結果生まれた娘。家元補佐。我儘に育ち、リーダーとしての資質に欠ける。詩吟の技量も凡庸。夕照会二代目家元会長に平成二十（二〇〇八）年に就任するが、才能も人望もある静香を敵視して除名。ところが夕照会は急速に会員が減り凋落する

早山賢甫（はやまけんほ）＝夕照会副会長兼師範会長。最高幹部会メンバーで最長老。彦根市郊外で農業を営む。

深山峻甫（みやましゅんほ）＝夕照会理事長。最高幹部会メンバー。税理士。彦根市税理士協会会長。彦根市在住。

寺西旭甫（てらにしきょくほ）＝夕照会事務局長。最高幹部会メンバー。薬局チェーン経営。彦根市在住。

詩選流京都総本部

倉道洛風（くらみちらくふう）**（琢朗）**（たくろう）＝旧制東京高等師範卒、旧制中学漢文教師、戦後、新制高校の国語教師となる。昭和二十三（一九四八）年、京都に詩選流を創立し、初代宗家・倉道洛風と称す。孝雄を滋賀県地区家元に任命。

倉道洛風（くらみちらくふう）**（賢朗）**（けんろう）＝琢朗の息子。昭和四十二（一九六七）年より詩選流二代目宗家となる。バブルに先駆けて洛北に千坪の敷地を買い求めると、昭和四十八（一九七三）年に詩選流吟詩舞道会館を落成させ、その運用に成功する。

倉道洛風（くらみちらくふう）**（勝朗）**（かつろう）＝賢朗の息子。平成十五（二〇〇三）年より詩選流三代目宗家。

平成十八（二〇〇六）年一般社団法人詩選流吟剣詩舞会として詩選流を法人化。千田静香の才能を惜しみ、近江偲静流創立後も好意を寄せ後援する。

近江偲静流吟詠会

千田汀鳳（静香）＝夕照会二代目家元に罷免された静香を慕う弟子たち百三名が一致団結して夕照会を退会。平成二十一（二〇〇九）年の近江偲静流創流を実現させる。推された静香が会主に就き、千田汀鳳と改名する。

近江偲静流創流発起人＝詩選流滋賀県南支部長時代からの静香の弟子で、当時、師範の職格位を持っていた七人（矢吹政人、景山悦子、三宅多美子、清水育代、水野佐知、遠山響子、武田信代）が発起人となり、引退しようとする静香を励まして近江偲静流吟詠会の創流に貢献する。

第一章　夕照会家元急逝

第一節　訃報

「おはよう」
「あら、お母さん、どうしたのよ、こんなに朝早く。まだ、お外は暗いわよ」
「家元家に緊急事態発生よ」

平成二十（二〇〇八）年の十一月が始まったばかりの金曜日の朝である。近江の秋はようやく深まり、琵琶湖の対岸に連なる比良山系の峰々の広葉樹がカラフルに色づき始めている。滋賀県大津市に住む小児科医の妻、千田静香は早朝の電話で起こされた。時刻はまだ六時前で外は薄暗い。電話は彦根市に住む生家の母、花谷栄子からであった。

現在の滋賀県彦根市は、人口約十一万人、近江平野の北端の街で、東には鈴鹿山脈、北の岐阜県との境界には伊吹山が聳え、西には対岸の比良山系まで豊かな水量の広がりを見せる琵琶湖畔の街である。江戸時代の初め、関ヶ原の戦いで活躍した徳川四天王・井伊直政の子、井伊直勝が築城した彦根城の城下町であり、花谷家は東側から琵琶湖に流れ込む芹川と外堀跡（埋め立て）との間に、江戸時代より整然と町家が立ち並ぶ池洲町の中にある。

　静香の実父である花谷哲生はすでに八十一歳を数える高齢者となっていて、二〜三年前から余り体調が優れないらしく、このところ病院通いが途切れない。それに対して母親の栄子は七十六歳になる今日まで、病気一つしたことがないほど極めて頑健であり、薩摩琵琶奏者として、また、詩吟の指導者として、二足の草鞋を履き替えながら、休む暇がないほど精力的に活動している。

　薩摩琵琶とは、室町時代末期に薩摩で発生した琵琶音楽と、その演奏に用いる楽器の両方を指すのが一般的である。また、詩吟とは、和歌や漢詩などを単に素読しないで、独特の節をつけて歌う日本の伝統芸能の一つである。

　静香は栄子の長女として生まれ、幼い時から彼女の薩摩琵琶と詩吟を朝に夕に聞きながら育ったので、いつともなく自らも母を師匠として琵琶を奏で、詩吟を吟ずるようになっていた。伝統芸能の世界では、本名とは別にその世界だけに通じる芸名（雅号）を別に有していることが一般的だが、栄子は滋賀県薩摩琵琶愛好家協会の理事として活動する場合には「泉粋」という雅号を用い、詩吟団体である詩選流滋賀県夕照会副会長として活動する場合は「栄甫」という吟号を用いている。また娘の静香は琵琶の雅号は有してなく、詩吟の方だけ「翔甫」という吟号を家元から与えられている。

　話は、冒頭の母親からの早朝電話の内容に戻ることにしよう。

「緊急って、どういうこと？」

「詩選流夕照会のお家元の禾本（のぎもと）李甫先生が、昨晩、急性心筋梗塞で緊急入院されたのだけど、手遅れだったらしく、深夜にご逝去されたらしいのよ」

「えっ、嘘でしょう！　先週の日曜日に夕照会本部道場で開催された家元研修会でお会いしたばかりなのに……。あの時は顔色も良く、とてもお元気そうだったわよ」

「そうなの。でも顔色が良さそうに見えたのは、血圧が高かったのが原因らしいのよ」

「いつ誰から聞いたの？」

「今朝のことよ。三十分ほど前に娘の水甫先生が電話をかけてきたわ。まだ高師会のメンバー以外には知らせないでくれとの緘口令（かんこうれい）付きでね」

滋賀県詩選流夕照会というのは、彦根市に本部を置いて滋賀県内の人々に詩吟を教えている会派名であり、併せて剣舞と扇舞も教えている。全国には無数の詩吟の流派（会派）があって、詩吟愛好者は三百万人くらいはいるのではないかともいわれているが、その中でも一万人以上の会員を有する大きな流派は極めて数が限られている。その大会派の一つに、京都市内に総本部を置き、「一般社団法人詩選流吟詩舞会」という非営利の法人名までも有している詩吟団体があって、夕照会はその傘下で活動している滋賀県の団体である。

滋賀県詩選流夕照会の創立者であり、会長家元となっているのは彦根市で内科医院を経営している医師の禾本孝雄（李甫）であった。

「お家元先生はおいくつだったかしら？」

「初代家元の李甫先生がお亡くなりになると、これから夕照会はどうなるのかしらね」

「さあね。一応、娘の水甫先生に家元補佐という名前がついているのだから、継ぐのかしらね」

「でも無理ではないの？　だってそう言っては失礼だけど、県の詩吟詠連盟が主催するコンクールの二部（指導者クラスのメンバーのみが出場できる）で、一度だって優勝どころか入賞すらしたこともないし、県連で予選落ちばかりするから、日本詩吟連盟が主催する全国コンクールにも出場できたこともないのよ。そんな吟力では会員を指導できないし、ましてや家元なんかにはなれっこないでしょう？　私が言うと角が立ちますが、会員を惹きつける卓越した技能を有してこそ、家元としての正統性が認められるのではないの？」

「それは、よくわかっているわ。吟力から言えば、滋賀県の吟士権（一部一般の部と二部指導者の部の優勝者）を獲得した実績があるのは、師範会長の早山賢甫先生と、静香だけだから、その意味では二人が夕照会の双璧よね。でも早山先生は李甫先生より一歳だけどお年上でご高齢になっていらっしゃるし、それにとても謙虚なご性格だから、お家元を継承することなんて、頭からご辞退されるに決まっているわ」

「だからと言って私は絶対無理よ」

「そりゃそうだろうね。あなたは会員に人気がありすぎて、だからこそ、これまでも娘の水甫先生が事あるごとに嫉妬心をむき出しにして意地悪してきたのだから……。たとえ皆さんに担がれても、受けたらひどい目に遭うことは間違いないでしょう」

「当たり前よ。私は、お家元先生から県南支部を預かって、そのお世話だけでも大変なのだから」

「今、あなたのお弟子さん、何人いるの？」

「三百人をちょっと超えたくらいかな」

「増えたものね。滋賀県夕照会全部で、かつては会員千五百人といわれていたけど、バブルが弾けた今では、千人くらいにまで減っているのでしょう？　そんな中で、あなたのところだけが増えて、夕照会では最多人数の支部になったわね」

「お母さんの琵琶演奏のお陰よ。支部の練成会を開くごとにお母さんが素晴らしい琵琶演奏と琵琶の弾き語りを披露してくださるから、会場はいつも満席になるわ。だから練成会が終わるたびに入会者が増えてきたのよ。本当に有難いことだわ」

「そうではなくて、あなたの全国優勝の実績と、ＮＨＫにも呼ばれるほどの見事な吟力のお陰よ」

「身内で褒め合っても仕方ないわね。本当のところ、お家元継承問題はどうなるのでしょうね。会派内で決められないということになれば、夕照会は解散させられて、その昔、京都の宗家が直轄していた頃と同じく、詩選流滋賀地区に戻されるかもしれないわね」

「その可能性もあるわね。いずれにしても、早急に高師会の最高幹部の先生方が彦根に集まって、そのことを協議することになるでしょう」

詩選流では習得した技量のレベルにより、生徒の部と先生の部に二分される。長年にわたって弛まず技量を磨いてゆけば、指導者としての地位と免許を授けられることになるが、さらに指導者の部の中でも、その練度に従って格付けがあり、「師範代」「準師範」「師範」「上師範」と昇格する。この先生クラスをまとめて「職格者」と呼んでいるが、「職格者」の最上位に君臨しているのが「高師」であり、その上には家元しかいないことになる。その高師の免許を持つ人たちのみで構成する幹部会が、高師会なのである。

「滋賀県高師会のメンバーは現在何人いるのかしら？」

「あなたと私を含めて十七人よ」

「五十歳の私が一番若輩ね」

「そうだわね。ところでご葬儀のことだけど、お家元家といっても、彦根の地元にいるご縁者さんとしては娘の水甫さんだけでしょう。京都に前の奥様のお子さんがお二人おられるそうだけど、離婚されて以来、絶縁状態になっていると伺っているわ。結局、滋賀県夕照会が中心になって葬儀を執り行わなければならないでしょうね」

全国に詩選流の流れを汲む地区本部は、東は愛知県、西は山口県、それに南は鹿児島県まで二十六の府県に及んでいる。滋賀県地区本部の会長家元の葬儀ともなると、京都の宗家はもちろんのこと、各府県の二十六人の会長家元にも声をかけなければならないから、その準備だけでも大変なことになる。

「そうなるのでしょうね。その方面の知識に疎い私は、余りお役に立てそうもないわ」

「お家元のご遺体は今日のお昼頃、病院からご自宅に戻されるそうだから、あなたと二人で早めにお線香をあげに行かないといけないね」

「そうですね。今日は金曜日で教室のお稽古もないから、時間が決まれば知らせてください」

母親からの電話はそこで一旦切れた。

第二節　お別れ

　夕照会会長家元、禾本李甫の突然死の一報が娘からあったのは平成二十（二〇〇八）年十一月七日、金曜日の未明のことであった。静香母子は、ご遺体がご自宅に戻られ次第お線香をあげに行こうと相談して、その連絡を待っていた。だが、その日の昼前、夕照会高師会会員十七名の中でも、最高幹部会を構成する四人だけに、まず禾本家の自宅へお出で頂きたいとの電話がかかってきた。電話をかけてきたのは、家元の娘であり家元補佐の役職でもある禾本瑞希で雅号が水甫という名前になっている。

　その日、急遽集まった最高幹部会の顔ぶれは、筆頭副会長兼師範会長の早山賢甫、副会長兼音響部会長の花谷栄甫、会員管理の責任者である理事長の深山峻甫、事務局長の寺西旭甫、それに家元補佐の水甫の五人である。会長も最高幹部会の構成員であるべきではあるが、夕照会の場合、会長は家元が兼務している。

　早山副会長以下の四人は、いつも集まる夕照会本部道場の建物ではなく、敷地の北側に建てられている道場の玄関と向かい合っている病院の裏玄関で顔を合わせた。裏玄関は正面ホールに比べればかなり手狭である。禾本家のための私的な玄関ホールであるからだ。定員五人の小型エレベーターは、四階の院長室と五階の禾本家の居住階にしか止まらない。従って玄関横のインターホンで来意を告げて、禾本家の方で許可ボタンを押してもらわなければ、エレベーターが始動しない仕組みになっている。

五階でエレベーターのドアが開くと、目の前が禾本家の内玄関となっていて、一坪ほどのタイル張りのたたきになっている。十センチほどの高さの磨き上げられた板張りの上がり框には、来客用のスリッパが四足並べられていた。

「どうぞ、お入りください」

分厚い木製ドアが内開きに引き開けられ、そこに喪服を着た禾本瑞希が立っていた。

「失礼します」

四人は玄関奥の応接室に通されると、父親を亡くしたばかりの娘に向き合う。

「家元先生が、思いもよらず突然にご他界されたとのことで、大変驚いています。水甫先生には本当にご愁傷様でございます。心よりお悔やみ申し上げます」

早山賢甫副会長が代表して挨拶し、他の三人が頭を下げる。

「有難うございます。先生方には父が長い間大変お世話になりました」

病院の五階の禾本家の住居は四十坪ほどの広さがあると聞いていた。内玄関ドアを開けると、南に向かって一間巾の中廊下が通っている。左手には十二畳の仏間兼和室、その南隣が十八畳の居間兼応接室、右手前に広いダイニングキッチンがあって、その南側に院長と娘の寝室が二部屋並んでいる。病院の建物の広さは約二百坪あるわけであるから、当然、居宅の南側は百坪以上の屋上広場があるはずである。後刻、四人が案内されたその場所は、屋上庭園として整備されていた。ドアを開けて外に出ると、ここが病院の屋上であることを忘れさせるような様々な種類の樹木が茂みをなし、足下に巡らされた小道の両側には、秋の草花が美しく彩りを添えていた。

奥の十八畳の居間兼応接室に招き入れられた四人は、八人掛けの分厚いテーブルを囲んで座る。最高幹部会議は道場の会議室で開催されるのがいつものことであり、長年の間、家元と師弟関係を結んできたが、禾本家のプライベートな居宅に伺ったのは初めてのことであった。手持無沙汰な四人は、きょろきょろと室内の調度品や壁に飾られている高価そうな絵画の額に目を滑らせている。

ダイニングキッチンから湯呑みを載せたお盆を持って水甫が入ってきたので、四人は一斉に椅子から立ち上がる。早山副会長が黒い革鞄から四人の香典袋を包んだ袱紗を取り出すと、袱紗を開けて切手盆に載せたまま向きを変えて水甫に渡す。自宅を四人が出る前、前もって打ち合わせてあったから、四人の香典袋には各々十万円ずつが包まれているはずである。

「恐れ入ります」

瑞希は切手盆を両手で受け取ると隣の仏間に入っていった。あらかじめ用意していたと思える香典返しの袋を四枚、預かった盆に載せて引き返してくると、一人一人に言葉を添えて渡した。瑞希にとっては身内の仏事は人生で初めての経験であろうから、このような際の儀礼をわきまえていたとは考え難い。多分、葬儀屋から丁寧な指導を受けたものと思われる。

「どうぞ父の顔を見てやってください」

瑞希は改めて四人を北隣の仏間に誘った。お仏壇の扉は閉められていたが、経台の上には先ほど渡した香典袋が置かれている。十二畳の広い和室には、その日の午前中に病院から帰ってきたと思しきご遺体が、お顔に白布を被せられて北枕で安置されていた。枕元には葬儀社が急ぎ用意したらしい枕花と一膳飯が飾られ、手前には焼香台が用意されている。

指先で白布を取ると、瑞希が赤く泣きはらした目を会葬者に向けて焼香を勧める。仏となってまさに旅立とうとする家元だとは未だ信じがたく、今にも起きだして、

「やあ、皆さん来てくれたのか」

と、声をかけてくれそうな気がする。思えば幹部たちとは四十四年間にも及ぶ実に長い付き合いであった。それぞれが夕照会で共に過ごした日々の出来事が次々に脳裏に浮かんできて、胸がいっぱいになる。

水甫が促したので、早山賢甫、花谷栄甫、深山峻甫、寺西旭甫の順でお線香を捧げ、

お焼香を焚く。ご遺体の傍に並んで座ると、時が過ぎるのも忘れて、四人は両手を合わせたままで声を殺して涙を流した。静かな沈黙が続いた。

　ご遺体の足下側に座って俯いていた瑞希が、ぽつぽつと前夜からの経過を説明し始める。

「昨夜の八時頃でしたか、父は珍しくいつもより早めの時間に院長室から上がってきました。私が父と夕食を共にいただいたのは何日ぶりだったでしょうか。食事が終わって、父は焼酎のグラスを傾けながら、九時のテレビニュース番組を見ていました。するとと十分も経たないうちに、急に胸がひどく痛むと言うと、その場で食卓の上に突っ伏してしまいました。私が、

『お父さん、大丈夫？』

　と声をかけると、見る間に顔色が蒼白に変わり、弱々しく、

『瑞希、救急車を呼んでくれ』

　と訴えました。動転した私はどうしてよいかわからず、台所でお片づけをしていたお手伝いさんに叫びました。

『救急車、救急車！』

　彼女がすぐに電話してくれましたが、救急車が到着するまでがとても長く感じました。でも後でお手伝いさんに聞くと、二十分ほどにすぎなかったと言われました。病

院の院長が、救急車を呼んで他の病院に搬送されるなんておかしいでしょう？

でも、うちの病院には、救急に備える機材はあっても、それに対応できる医務員が揃っていないので、救急指定病院になっていないのです。ですから昨夜は、父を救急車で彦根市立中央病院に運んでもらいました。

お手伝いさんに入院用の父の荷物をお願いして、私も救急車に乗って付き添いましたが、到着するとすぐに救急救命室に運び込まれました。父は海老のように背中を曲げて胸を押さえ、蒼白な顔からは、汗が吹き出ていました。症状を見た宿直の救急医は、すぐにＣＣＵ（冠動脈疾患集中治療室）に運び込むように指示しました」

「水甫先生も一緒にＣＣＵに行かれましたか？」

事務局長の寺西旭甫は薬剤師でもあり、医療には一通りの知識があるので聞き質す。

「いえ、私は治療に差し障りがあると言われて、部屋の前の廊下の椅子で待たされました」

「何か聞こえましたか？」

「三人ほどの当直医がバタバタと入室して、医師や看護師さんが甲高い大声で何か叫んでいましたが、まもなく静かになりました。そしたら数分もしないうちに、先ほどの救急医がドアから顔を出して、

『ご家族の方は、お入りください』

と手招きされました。いやな予感がしました」

ご遺体を目の前にして、四人は息を呑んで娘の話に聞き入る。

「集中治療室に入り、父を見ると、顔には酸素マスクがつけられ、腕には何本かの点滴のチューブが繋がっていました。

『お父さん』

と声をかけると、救急医は、

『申し訳ありません。お助けすることができませんでした。死因は急性心筋梗塞による冠動脈閉塞です。午後九時五十三分のご臨終でした』

そう言われて私は泣き叫びながら父の身体に縋り着き、激しく揺すりました。でも父は二度と目を開けることはなかったです」

瑞希の目に涙が再び溢れ、何本も頬を伝って落ちる。

享年八十一歳、医師、禾本孝雄の最後の言葉は、

「瑞希、救急車を呼んでくれ」

と娘に頼んだ一言であったという。

四人の幹部は、それぞれがこの日、早朝に瑞希からの電話で簡単な経過は聞いていたが、この場で聞き直して、改めて人の命のあっけなさを痛感する。

全員が今後のことを協議するために応接室に戻り、再び分厚い天板に覆われたテー

ブルを囲んで座った。水甫を中心に、コの字型に向き合う。

「伺っていたところでは、お身内のご親戚の方は、どなたもおいでにならないそうだから、家族葬というわけにもまいりませんね。夕照会か、彦根市の医師会が施主となって葬儀を執り行わなければならないと思いますが、いかがですか？」

筆頭副会長である早山賢甫が参会者の顔を見回す。

「水甫先生、医師会の方のお考えを聞いておられますか？」

花谷栄甫が和やかに問いかける。禾本水甫が頭を小さく横に振る。動転している最中にそんなことにまで気が回る娘ではなかった。禾本院長の娘である瑞希は、病院の中では事務次長という肩書を持ち、そのために何がしかの給料も得ていたらしいが、実質的な病院事務の総括は事務長がてきぱきとやってくれるので、亡くなった禾本院長も娘の事務処理能力を期待していた風にはみられなかった。

とにかく禾本孝雄の本業は医師である。本業の分野をさておいて、余技である詩吟の会が中心になって旗を振ることは僭越（せんえつ）であろう。とにかくここは自分たちだけで決めるわけにはゆかない。

その時の彦根市の医師会長は、彦根中央病院の院長であった。夕照会理事長の深山峻甫の本業は税理士であり、しかも彦根市税理士協会の会長も兼ねているので、日頃より税務に頭を痛める医師会とも何かと関係が深い。

「では、私が早速、医師会長の生田先生に電話してご意向を窺ってきましょう」

深山は電話をかけるために廊下の南ドアを開けると、屋上庭園に出て行った。

「家元の最近の写真はお持ちですか？」

事務局長の寺西旭甫が水甫に聞く。遺影の件である。

「そう思って先生方がお見えになる前に最近のアルバムを引っ張り出して見ていたのですが、どれが良いかわかりません。御覧になってください」

水甫がテーブルの下から出したアルバムは、一冊が病院関係で、一冊が詩吟関係と表紙に記されていた。

「どれ、拝見します」

寺西は、丁寧に二冊のアルバムを捲っていき、それぞれから二枚ずつ、遺影の候補になりそうな写真を抜き出して他の三人に示した。院長室の椅子に座って笑っているもの、白衣を着て他のスタッフと肩を組んでいるもの、紋付羽織袴で演台を前に詩吟を詠じているもの、同じく紋付羽織袴姿で詩吟の仲間とにこやかに写真に納まっている姿の四枚であった。

「どの写真も最近のもので、家元らしく闊達なお顔が伺えて素敵だと思えます。先生方、いかがですか？」

寺西の勧めで早山、花谷両副会長が覗き込むが、いずれの一枚も生前の家元の活動が目に浮かぶようで捨てがたい。

「やはり、水甫先生に選んでいただきましょう」

早山が水甫の方に四枚の写真を押しやった。親はいつまでも元気でいてくれるものと思い込み、日々の努力を怠ってきたことが今さらながら悔やまれるのか、娘の目に溢れた涙が写真を持つ手の甲を濡らしている。

水甫が写真を選んでいる間に、その場に残っていた三人は、もう一度、ご遺体と別れを惜しむことにした。早山が故人の枕元に正座をすると、両手を床につき一礼する。水甫が先ほど、顔にかかっていた白い布を外してくれていたから、正座のままで対面する。死因は心筋梗塞と聞いたが、相貌には苦しんだ形跡もなく、今にも起きだしてきそうで、生前と変わらぬ穏やかな旅立ちの相貌である。

早山は手を伸ばしてお線香立てから一本取り出すと、蝋燭の火を移す。禾本家の宗派は浄土宗であるので、作法としてお線香は一人一本のはずである。お線香を香炉の中ほどに立ててから、「おりん」を一度鳴らすと静かに合掌する。浄土宗では亡くなった日より数えて四十九日を迎えるまでは「食香」、即ち、お線香の煙を食べ物とされるので、お線香の火を絶やさないのはそのためだと教えている。

「何というあっけないご最後であったのであろうか」

早山師範会長は、亡くなった李甫家元よりも若干ながら年長者である。静香の母親である花谷栄甫副会長が入門する一年前の昭和三十五（一九六〇）年に、彦根支部を立ち上げたまさにその人であった。禾本李甫が彦根に帰省して滋賀県詩選流夕照会を立ち上げたのが昭和三十九（一九六四）年であったから、滋賀県では最長老ということになる。ただ入門年に関しては禾本李甫の方が先輩である。家元は昭和二十三（一九四八）年、まだ二十一歳の医学生にすぎない時に初代宗家である倉道洛風の門を叩いた原始会員であるから、早山が同門である禾本の風下に立つことに抵抗を覚えることはなかった。

吟詠技術の巧拙以外にも理由があった。早山は彦根の郊外で先祖からの広大な農地を引き継いで農業に専従してきた。詩吟は誰よりも好きだと言い切れるが、医師である禾本のように他人に教えられるほどの高い教養を身に付けているわけでもなく、また滋賀県の詩選流を率いてゆけるほどの統率力もないと自覚していた。だから禾本孝雄と巡り合って以来、約四十五年もの間、彼を助けて二人三脚で詩選流の詩吟を普及させてきたことに満足している。合掌して心を鎮めると、つい数日前まで元気な顔を見せていた禾本孝雄のことが思い出され、四十五年間の交誼の日々が走馬灯のように去来する。八十一歳で没したことになり、日本人男性の平均寿命と言える年齢ではあるが、吟界のみでなく、医師として地域医療に尽くして市民からも慕われていた人柄であっただけに、いかにも惜しまれる急な他界であった。

早山に続いて、寺西事務局長がお線香を上げる。

「先生には、詩吟は元より、自分の家業である薬局の経営についても、語り尽くせぬほど、お世話になってきました。その上、会員の家族の病気といえば、たとえ夜中であろうとも、いやな顔一つしないで往診して親身に診てくださいました。誰もが本当に言葉に表せないほどお世話になったと思い、感謝しています」

と、隣に座っている二人に話す。最後に線香を上げた花谷栄甫も頬を濡らして語りかけた。

「長い間、有難うございました。どうか安らかに極楽浄土へお旅立ちください」

三人は、再び合掌して深く一礼すると枕元を離れた。

まもなく深山理事長が戻ってきた。

「禾本会長のご他界の件は、最期を看取った病院の担当医を通じて、すでに生田医師会長に伝えられていました。医師会長によると、

『このような時節柄（リーマンショック）でもあり、大々的にはできないであろうが、医師会が知らん顔をするわけにもゆかないから、葬儀の案内状には医師会と夕照会の合同葬ということにしてもらえないだろうか。とはいっても医師会から葬儀会場にお手伝いの世話人を出すのも職業柄難しいので、大変申し訳ありませんが、ご葬儀のお世話は、万端、夕照会にお願いいたしたい。祭壇に飾る生花は、もちろん、医師会長

と医師会名義で献花する他、医師会の事務局から通知して市内の各医院からの樒（しきみ）は、それなりの数を出させていただく。そんなことでよろしくお願いいたします』

　というご意見でした」

「ハイ、よくわかりました。では私たちで取り計らいましょう」

　早山賢甫が四人の顔を見回して、それでよろしいですね、というように念を押す。

水甫は中学生の時、母の千栄子を見送った思い出はあるが、その時はただ泣いてばかりいたので何も覚えていない。成人後に家族の葬儀に関わった経験は皆無であり、このような大事に際してなす術を知らない。

「承知いたしました。では葬儀社の方を呼んで段取りを相談しましょう」

　事務局長の寺西旭甫が立ち上がると、すでに先刻から四階の院長室で待機していた葬儀社の男を呼んできた。

「彦根葬儀社の岡田と申します。何卒よろしくお願い申し上げます」

　一人一人に葬儀社の名刺を配る。住所はＪＲ南彦根駅の近くになっていた。

「こちらこそ、よろしくお願いします」

　五人が異口同音に返事する。

「では、葬儀の進行に必要な手順表をお配りしますので、その中の各項目に従ってお答え願います」

「…………」

「おおよそでよろしいので、この場でお答え願います」

岡田は手順表に書かれた項目を順番に読み上げる。

・喪主と葬儀委員長のお名前
・予測される参列者のおおよその人数
・会場に入られるご親戚の人数
・立礼に立つ葬儀委員の人数
・「通夜振る舞い」と「精進(しょうじん)落とし」の用意は必要か
・葬儀は自宅で行うか、葬儀社の斎場で行うか
・檀家寺の名前と宗派
・墓や仏壇の有無
・納骨先の確認
・葬儀後のアフターフォローは必要か
・通夜、葬儀の希望日程と火葬場の空きと檀家寺の都合
・斎場での祭壇の予算規模
・香典と献花の受領の有無

「以上、事前にお伺いしておかなければならない項目を列挙しましたが、改めて一つずつご回答願います」

動転している娘の瑞希（水甫）はともかく、他の四人は誰もが経験豊富であったし、禾本家の内情についても、夕照会の現状についても承知していたので、早山が進行役となって葬儀社の質問に要領よく応対した。

「喪主は禾本瑞希（水甫）さんしか他におられないからよろしいですね」

「ハイ」

と、娘がこっくりと頷く。昨夜からろくに食事を取っておらず、しかも睡眠不足なので目が落ち込んでいる。

「彦根市医師会と詩選流滋賀県夕照会の合同葬ということになりますが、医師会は病院を空けることができないので、世話人は出せないということだから、葬儀委員長は会員の中では筆頭格の早山賢甫先生にお願いしましょう」

花谷栄甫が早山の顔を窺う。

「皆さんにご異存がなければ私がお引き受けいたします」

「会葬される方は多いと思われますが、どんな規模まで広げられますか？」

葬儀社の岡田が問いかける。夕照会の会員数はこの時点で千名を少し超えたくらいであったから、県内の詩吟を愛好する他流派の人たちも加えると、大人数になるに違いない。というのは、その当時の滋賀県詩吟連盟に登録している諸流派の所属会員数だけでも八千人はゆうに超えていたと思えるので、各流派の幹部に絞るとしても相当の人数になるだろう。

ところがその年の九月十五日にアメリカで住宅市場の悪化による住宅ローン問題がきっかけとなり、投資銀行であるリーマン・ブラザーズが経営破綻した。その余波を受けて連鎖的に世界規模の金融危機が発生したのである。そうでなくとも日本経済はバブル景気が弾けて以来、失われた二十年といわれるほどの低迷が長い間続いていたから、国民は質素倹約に徹する傾向にあった。

「こんな落ち着かない時期だし、急なことでもあるから、内外共に参列していただくのは幹部の皆様中心にしていただき、人数を限った規模のご葬儀にされてはいかがでしょうか」

理事長の深山峻甫が遠慮がちに水甫の顔色を窺う。

「私も余り大げさにはしたくはないですわ。第一、これからどうしていくかもはっきりしない中では、ご挨拶の仕様もございませんもの」

と、水甫が顔を臥せたままで話す。

「それでは県内の夕照会二十支部から二名平均の約四十名、それに高師会のメンバー十七名を加えて詩選流夕照会からは多くても六十名内外に絞りましょう。内輪で執り行いたいと葬儀の通知に書き添えれば、外部からは県内十流派の代表と京都の宗家や総本部からの数人、それに水甫先生の個人的なお知り合いを計算しても大体百名前後で収まるのではないですか」

事務局長の寺西旭甫がてきぱきと捌いてみせる。

「そんな方針でよろしいか？」

早山賢甫が改めて水甫の顔色を窺う。

「いや、それに禾本内科医院関係の医師会の先生方も参列されると思うので、それでは収まらないでしょう」

「そうそう、医師会や、彦根市、それに町内会の方々のことも考えなくてはなりませんでした。そうなると医師会関係者、町内会やお家元の個人的なお付き合いの皆様などを考慮すると、控えめにみても二百人は超えることになりますね」

早山賢甫が葬儀社の岡田に伝える。

「承知しました。それから、ご葬儀会場は、私共の南彦根のメモリアルホールでよろしいですか？　ご予算の額に従いまして祭壇のご用意をいたします」

「はい、お願いします」

「禾本家の檀家寺は、本町一丁目の浄土宗大信寺と伺っています。通夜と本葬の時刻を決める前に、ご住職のご都合を喪主様から伺っていただけますか？」

「はい、わかりました」

彦根市本町にある浄土宗宝厳山大信寺は、彦根藩二代藩主井伊直孝の御廟がある浄土宗の古刹である。瑞希が立ち上がり、隣室から電話をしている。父親が亡くなると、すぐに母親のお墓がある大信寺だけには伝えていたらしい。

間もなく戻ってくると、

「今夜、六時に枕経を上げにお出でいただけるそうです。明日は友引ですから、一日延ばして明後日、日曜日の夕方からお通夜、月曜日の本葬ということでいかがでしょうと言われました。月曜日であれば、ご住職も火葬場にも導師としてご同行下さり、また骨上げ後の繰り上げ初七日の法要を済ませるまでお勤めさせていただきますと話してくださいました」

「わかりました。では、私共から月曜日の午後の彦根市公営火葬場の空き具合を確認してまいります」

岡田が部屋から出て行き、間もなく戻ってきた。

「少し忙しいですが、午前十一時半から受付開始、正午から本葬、一時半ご出棺、火葬場が多賀（たが）方面ですので、片道約三十分は見込まなければなりません。火葬場の予約が午後二時半に取れましたので、骨上げまでの待ち時間を利用して、少し遅いご昼食をお取りいただきます」

紅葉の名所で知られている多賀大社の周辺は、この時期には交通が大変混雑する。その意味では、本葬が日曜日ではなくて、月曜日になったのはよかったのかもしれない。

「火葬の所要時間は一時間半から二時間と言われていますので、従いまして骨上げを済ませて斎場に戻れるのは、早くとも夕方の五時頃になろうかと思われます。初七日の法要も引き続き行われるかと存じますので、その後の「精進落とし」まで準備させていただきます。お食事の準備の都合もございますので、後ほど「精進落とし」にご出席される大体の人数をお知らせください。以上の予定でいかがでしょうか？」

「正午の開式なら、世話人の昼食の準備が必要ですね？」

寺西が岡田に質問する。

「はい、お身内の皆様は火葬場でお食事なさいますから、それ以外の受付などの世話人のご人数を教えていただければ、私共で控室にお弁当を準備いたします」

「それで結構です。ご遺族はお嬢さんお一人ですので、今後の夕照会側の実務と葬儀社との連絡窓口は、事務局長の寺西先生にお願いしたいと思いますが、寺西先生、よろしいでしょうか？」

事務局長が頷く。

「寺西先生、全国の地区の会長家元、それに滋賀県内の夕照会各支部への葬儀通知もお手数ですが、よろしくお願い申し上げます」

葬儀社の岡田が口を挟む。

「いや、その葬儀通知ですが、ファックスだけで済むところであれば、宛先住所をいただいて弊社から今日のうちに送信させていただきますが、いかがでしょうか？」

寺西事務局長がほっとした顔を見せる。

「それは助かります。水甫先生、お手元に詩選流の各府県別会長・家元住所録をお持ちですか？」

「はい、あると思います。只今、持参いたします」

水甫が立ってゆく。

「京都の宗家と総本部事務局長には、この後私から電話しておきますから、通知のファックスだけは同じように送信して下さいますか？」

「承知しました。岡田さん、ここで通知案を作成しますから、例文を見せて下さい」

「ハイ、お待ちください」

岡田が彦根葬儀社と金文字の入った黒鞄を空けて、中から手垢で薄汚れた例文集を取り出してその箇所を広げて示す。

「過日、ある全国的な規模の文化団体のトップの方がお亡くなりになった時の通知文がこれです」

　と、指し示す。

「では今回の葬儀委員長と喪主名に書き変えた内容の通知案を四階の院長室にあるパソコンとプリンターを使って簡単に作成していただけますか?」

「はい、承知しました。氏名欄が空欄になった例文が持参しているフロッピーに入っていますから、それを使って院長室のパソコンで文案を作成してまいります。少々の間、お待ちください」

　岡田が四階に下りていく。入れ替わりに水甫が戻ってきた。

「この住所録でよろしいでしょうか?」

　滋賀県詩選流名簿であるが、前半には宗家や総本部の住所、全国の詩選流府県吟詩舞会会長・家元、及び事務局の住所なども掲載されている。

「はい、これで結構です。鉛筆で薄く通知先に◎印を書き入れてもよろしいか?」

「ええ、大丈夫ですわ」

　早山が三十頁ほどある住所録に次々と鉛筆で印を付けていく。

「水甫先生、遺影は決まりましたか?」

　寺西が聞く。

「葬儀会場にお越しいただけるのは多分、医師会関係者より吟界の方の方が多いと思われますから、紋付羽織袴姿で詩吟の会員さんと撮っている写真を使うことにします。写真屋さんに父の姿だけにトリミングしていただいて遺影額を作っていただきますわ。いかがでしょうか？」

「そうですね。それがよいでしょう」

四人が同意する。

「葬儀社に渡せば、遺影写真額も用意してくれますよ」

寺西事務局長が岡田の名刺を指差しながら言った。

「水甫先生、こんな時にどうかとは思いますが、岡田さんが通知文案を作っている間、ガーデンテラスを拝見してもよろしいですか？」

「構いませんよ。どうぞご覧ください。私は全く無関心なのですが、父が植木業者にあれこれ希望を伝えながら造作してきたお庭です。寒くなってきましたからお花の数は減っていますが、紅葉が色づいていると思います」

「有難うございます。では拝見します」

四人がゾロゾロと裏木戸を空けて、屋上庭園の見学に出かける。四人とも五階に上がるのは初めてであるから、この庭も初見である。

カエデ、イチョウ、ソメイヨシノ、ナンキンハゼ、錦木などの多種多様な樹木が美しい彩りを見せ、迷路のような小道の両橋を飾る花壇にはシクラメン、オキザリス、シュウメイギク、桔梗、ピンポンマム、ニチニチソウなどが色鮮やかに咲き乱れている。樹木の足元には、薄やヤマハギなどの塊も配置されて、いっそう秋の風情を感じさせてくれる。四人は庭の真ん中辺りに設えられた広場に無造作に置かれたベンチに腰掛け、ここが病院の屋上であることも忘れてしばし秋を堪能した。

「ご用意ができました」

葬儀社の岡田が裏木戸から顔を出して呼び掛けた。

「はい、すぐに伺います」

四人は心残りを振り切って応接間に戻った。

「このような文章でいかがですか」

五人が回覧する。

「岡田さん、申し訳ないですが、お帰りになる途中で彦根市民病院に立ち寄っていただけますか？　今日は院長が一日在院すると言われていましたから、この葬儀の案内状を渡して、医師会の関係先にはそちらから発送していただけるか、伺っていただけますか？」

先刻、医師会長と連絡を取り合った深山理事長が岡田に頼む。

「承知いたしました。ところで葬儀の主宰者は夕照会となることを伺いましたが、会計責任者としては、どなたにご連絡すればよろしいでしょうか？」

早山が四人の顔を窺っていたが、

「深山峻甫先生は夕照会の理事長であり、禾本病院の顧問税理士も務めておられますから、先生にお願いしたいのですが……」

「承知しました」

「水甫先生、如何でしょうか？」

「私はお金のことはわかりませんが、葬儀費用が不足すれば、禾本の個人口座から出金させていただきますから、遠慮なくお申しつけください」

瑞希は病院会計については何一つ知らないし、今まで金が入用であれば父親の個人口座に付帯して発行された銀行の家族カードを使って気楽に出金してきただけであるから、収支を差配できる能力など備わっていない。

深山理事長が他の同席者に頭を下げる。深山は禾本医院の顧問税理士として、この後も遺産相続手続きについても関わらざるを得ない立場である。

予想していたより短時間に段取りがまとまり、後のことは事務局長の寺西旭甫に任せることになったので、他の幹部は一度自宅に戻り、衣服を整えて、改めて今夜の仮通夜に出席するために六時に再集合することになった。

第三節　家元葬儀

　平成二十（二〇〇八）年十一月九日、日曜日、夕刻六時から、南彦根の「彦根葬儀社メモリアルホール」で禾本内科医院院長、禾本孝雄の通夜が営まれることになった。日曜日の夕刻ということもあり、また翌日の本葬が月曜日の週初めなので、所用で通夜にしか参列できないという人が多かったためか、会葬者は予想していた人数を上回った。県内の詩吟関係の役員クラスは、ほとんどが定年退職した高齢者であったから、月曜日の日中の参列でも何ら差し支えないということで、その人たちは翌日の本葬への出席に回った。従ってお通夜の参列は、主に医師会関係の先生方や、彦根市議会議員といった公職に従事している方たち、それに夕照会本部道場でこれまで家元から直伝で指導を受けていた会員たち、それと長年禾本内科医院をかかりつけ医として家族ぐるみで診てもらってきた近隣の市民等が主な顔ぶれであったが、それでも三百名余りの会葬者を数えた。

　翌十日、月曜日の正午開始で本葬が営まれた。ホールの入り口には同じ人の葬儀であるのに名義の異なる看板が二枚立てられた。

【故・禾本孝雄 儀　葬儀会場　彦根市医師会】
【故・禾本李甫 儀　葬儀会場 詩選流滋賀県夕照会】

合同葬として両団体の名前を併記すればよいのではという案が葬儀社から提案されたが、夕照会の方で家元の吟号にこだわりを見せたので、結局、主催団体別に看板が設置されることになったのである。珍しいことである。

遠くに眺められる多賀大社の杜は、すでに色づいていた。その日は日中の最高気温が十五度というひんやりとした曇り空の週初めの月曜日であったが、雨の心配はなかった。葬儀の主役を務めたのは喪主である娘の禾本水甫、本名瑞希と、医師会を代表して彦根市医師会会長の生田佐多男、それに葬儀委員長を引き受けた夕照会筆頭副会長兼師範会長の早山賢甫の三人であった。

生前、禾本孝雄は檀家寺の浄土宗大信寺に対して、事あるごとにお布施や寄付などを欠かさず、経済的に手厚く支援していたらしく、葬儀には導師を務める菩提寺の住職の他に、脇導師に加えて一人の役僧までが来てくれて、三人がかりでの丁寧な弔いの念仏を上げてくれた。

彦根市市長代理で助役の島崎一郎、生田佐多男医師会長、吟界から社団法人詩選流吟剣詩舞会総本部理事長咲山岳風が京都から出席して弔辞を述べ、早山賢甫が葬儀委員長として会葬者にお礼の挨拶を行った。出棺に際しては喪主である娘の瑞希が遺族を代表して謝辞を述べたが、感極まって涙声となり、参列した人々の涙を誘った。

京都の山科には異母兄弟が二人いるはずであるが、孝雄が彦根に帰省して以来、親子の縁は前妻と共に全く切れた格好になっているから、死亡通知の出しようもなかった。前妻の実家である京都市山科区の福崎内科医院の名前は、京都市医師会の名簿に掲載されているから、現在でも開業しているのは間違いないが、病院長の名前が福崎佐太郎から専太郎となっているところからすると、あるいは、佐太郎の孫が継いでいるのかもしれない。いや、間違いないだろう。福崎医院の長女、佐紀との間に一男一女をもうけ、長男には専太郎と命名したと、家元が最高幹部たちとの雑談中にふと漏らしたことがあった。それであれば福崎専太郎は孝雄の長男ということになる。

出棺の際、霊柩車には喪主が位牌を持って乗車するが、喪主の次に繋がりが深い親族がいないので、葬儀委員長の早山賢甫が遺影を持って同乗した。霊柩車に続くマイクロバスには医師会や町内会の人たちは同行せず、夕照会の高師会十七名の中、静香を含む七名と、禾本医院副院長の浜崎恵三医師、看護師長の馬場恵理子が最後のお別れに同行した。

彦根市の公営火葬場でのお骨上げが済むと、骨壺の納められた白木の箱を娘の瑞希が胸に抱き、その両隣にお位牌と遺影を持った早山賢甫と深山峻甫が座り、運転手の横の前席には、浄土宗大信寺住職が帯同してくれる。

最近では、葬儀後七日目に行う初七日法要を、葬儀のすぐ後に行う繰り上げ初七日法要が一般的になっている。黒塗りのハイヤーとマイクロバスは、再び、メモリアルホールに戻る。病院関係者や高師会の大半がすでに去ったため、そこに残って引き続き初七日法要に出るのは、ご住職と喪主の瑞希、それに早山賢甫、深山峻甫、花谷栄甫と事務局長の寺西旭甫の六人のみという寂しいものであった。

初七日法要は葬儀会場とは異なる二階の小部屋に別の祭壇が用意されていて、そこに火葬場から持ち帰った遺骨・位牌・遺影を飾る。浄土宗大信寺住職の香偈から始まり、最後の十念に至るまで、孝雄の冥福を祈って丁寧な回向の念仏を唱えてくれた。通常は精進落としの食事に導師も加わるのであるが、全員の焼香が終わると、

「私はこれで」

と挨拶して帰って行った。聞くと、その夜も他家の通夜の予定があるらしい。中々忙しい住職である。

残された人たちは、衣服を改めてすでに用意されていた精進落としの食卓についた。本来であれば精進落としは、葬儀の後に僧侶や参列者を労うことを目的として、喪主やその遺族が振る舞う食事のことであるが、斎場の個室で行われたので一切を葬儀社

が段取りしてくれた。精進落としの食卓には結局、最高幹部会の五人だけが出ることになったが、これからの夕照会の行方が気になって誰もが口数も少なく、ただ箸を口に運んだのであった。

第二章　医師・禾本(のぎもと)孝雄と禾本内科病院

第一節　禾本家の歴史

江戸時代の禾本家は武士として井伊家に仕えていたが、明治になって以後は、医業に携わるようになり、曾祖父、祖父、父、禾本孝雄（李甫）と四代にわたり今日まで続いている家柄である。彦根城の内堀と後年埋めたてられた外堀との間の武家屋敷町の真ん中辺りに彦根藩初代藩主井伊直政が創建したと伝えられている浄土宗宝厳山大信寺があるが、禾本家の旧屋敷はその門前町の一角にあったらしい。

江戸時代の末期、禾本孝雄の曾祖父にあたる孝通は、彦根藩の許しを得て長崎に下り、オランダ医学を十年もの間学ぶと、三十歳で江戸に戻った。ところがその当時は日本中が黒船を迎えて尊王攘夷を主張する側と開国を主導する幕府の大老である井伊直弼が対立して国論が二分されていた最中であり、ついに安政の大獄から二年後の安政七（一八六〇）年には桜田門外の変により直弼が殺されてしまう。それが契機となり徳川幕府は大政を奉還して明治という新たな時代が始まることになる。

明治元（一八六八）年、彦根藩は諸大名の中でいち早く新政府への帰順を表明すると共に、直弼の庇護を受けていた旧幹部は放逐され、代わって下級武士団が新政府の役人として出仕することになり、力を得るようになってきた。そのために井伊直弼の庇護を受けて医師になっていた孝通は江戸にはいづらくなった。幸いなことに故郷である彦根の大信寺の門前町には、先祖から受け継いできた武家屋敷が残っていた。孝通は妻子を連れて彦根に戻ると、武家屋敷にかつて家来の家族が住み暮らしていた長屋を改築して診療所として使うことにした。従ってそれ以降は、侍ではなく、彦根市民の病気を治療する市井の医者として活動することになったのである。

祖父の孝恒は京都の医学校（後の医専）で学んで医師の免許を得ると、曾祖父から禾本診療所を引き継ぐことになった。ただ、近代医学を学んできた孝恒の目から見ると、本町一丁目の診療所で行う医療行為は、どこまでも町医者の領域を出ることが難しく、本格的な病院経営には向かない。曾祖父に相談すると、

「世の中が江戸時代から、明治の世の中に変わったのであるから、孝恒が学んできた現代医学を思う通り実行するのがよいだろう」

と賛同してくれたので、彦根市郊外に広い土地を物色して、そこに新病院を建てることにした。時代は明治の半ばとなっていた。

孝恒は、長年、禾本診療所に通ってくれた町の患者さんの利便性も考慮すると、大信寺門前町の診療所からさほど遠くない場所に移転候補地を見つけなければならないと考えた。さりとて彦根城を囲む古くからの城下町は家屋が詰まっていて、好ましい

土地は見つからない。そこで知り合いに声をかけて探していると、患者の一人が孝恒に、

「一反（三百坪）余りの遊んでいる造成地が池洲橋の先にあります」

と耳打ちしてくれた。

城下町の南部を芹川が東から西に向かい、琵琶湖に流れ込んでいるが、当時はその川が旧城下町と田園地帯との境界となっていた。大信寺門前町から南に二キロほど歩いて芹川に架かる池洲橋を渡ると、明治の中頃のその辺りは、田畑の中に農家が点々と散らばって建っているだけの長閑（のどか）な農村地帯だった。

彦根城が築かれる以前の海抜百三十六メートルの彦根山には、奈良時代に建立された彦根山西寺があった。この寺に安置されていた観音様は、金でできた亀の上に乗っていたと伝えられている。この観音様は築城の最中に行方不明になってしまったらしいが、今でもその言い伝えに基づいて彦根城の別名を市民は金亀城と愛称している。この観音様は、病気平癒に大変霊験あらたかであったらしく、平安時代には白河天皇をはじめ、京都の貴族や老若男女がこぞって金亀山西寺にお参りしたと伝えられている。

今日ではすっかり彦根市街地に取り込まれて民家や商家が軒を連ねる住宅街に変貌しているが、今でも土地の人は、彦根城に向かって伸びるこの辺りの国道二号線を彦

根巡礼街道と呼んで慣れ親しんでいる。

池洲橋からさほど遠くない距離に候補になる土地があると一人の患者が教えてくれたのが、彦根市後三条町の国道二号線に面した三百六十坪の土地であった。聞くとある町工場を誘致する契約が進んで地主が整地したのであるが、その話が条件面で折り合わず頓挫したために、空地となったまま放置されているという。実際に見に行くと、この造成地は、芹川から分岐した農業用水路に囲まれており、区画の形状もきれいな長方形をなしていた。南北の隅に深い井戸も二本掘られており、地下水を潤沢に汲み上げることができるのも病院にとっては極めて魅力的である。

孝恒は早速、建築工事に取り掛かり、半年余りかけて木造二階建ての新病院を落成させると、すぐに移転した。新しい禾本内科医院は、二部屋だけではあるが、遠方から通院できない患者のために入院も受け入れ、明治時代の彦根市としては初めての本格的な個人病院が生まれた。

孝恒は、土地の広さが三百六十坪とゆとりがあったので、江戸時代から続いてきた大信寺門前町の土地家屋を処分して、病院の北隅に自宅も建てて、そこに移り住むことにした。しかし、最初の禾本病院は今より相当小規模な建物であったらしく、病院と自宅の周りに空き地がかなり残った。そこで孝恒は近所の農家に頼んでその空地を耕してもらい、野菜を栽培することにした。畑で収穫した新鮮な野菜は、入院患者や禾本家の関係者の栄養を補う食材として提供されたと伝えられている。

この第一次禾本内科医院は、孝雄の父親である孝定に引き継がれることになっていた。ところが学業を終えて孝定が帰彦して間もない大正十三（一九二四）年に、祖父の孝恒が五十七歳という年齢で早逝してしまったのだ。京都帝国大学医学部で近代医学を学んできた孝定は、この際、さらに広い世界で活躍したいと密かに望んでいた。日露戦争に勝利した後、自信をつけた日本は欧米列強に対抗して大陸への進出を企て、明治四十三（一九一〇）年には韓国を併合して統治下に置いた。孝定が禾本病院を継いだ大正十三年といえば、まさに日本人の目は外に外にと向くようになっていて、第一次世界大戦が終結した後、日本は大正九（一九二〇）年に設立された国際連盟の常任理事国に選出されるなど、まさに絶頂期を迎え、大国の仲間入りを果たしたのであった。

ちょうど、帝大医学部の教授から朝鮮総督府医院に内科医長を求めているから行かないかという推薦があった。孝定はこの機を逃すと世界に雄飛する機会を失ってしまうと思い、思い切って禾本内科医院を閉院して渡韓することにした。

日本を離れるにあたり、五十歳を過ぎていた母親は彦根に残るというので、結婚して間もない新妻だけを連れて渡韓した。昭和元（一九二六）年のことである。母親のことは近所に住む叔母に託すことにしたが、病院は取り壊し、自宅以外の敷地には、頑丈な板塀を張り巡らせて、人が出入りできないようにしたうえで、取引銀行に管理を依頼して出国した。

だが時代が下がって昭和二十（一九四五）年、日本は敗戦国となる。孝定は妻と一人息子の孝雄を連れて引き揚げてきた。自宅は母親が六十五歳で昭和十五（一九四〇）年に他界した後は、全くの空き家になっていたので、とりあえず住むところはあった。しかし禾本病院は出国前に孝定自身の手で取り壊して出て行ったのだから、今となっては再建するだけの資金もなく、自分の病院経営などは夢のまた夢であった。間もなく五十歳を迎えようとしていた孝定は、手蔓を求めて彦根市の公的病院に勤務医として勤め口だけは何とか見つけることができた。禾本病院の再建は、息子の孝雄が一人前の医師となって戻って来るまで待たざるを得ないと覚悟を決めた。

さて、孝定の一人息子で長男の孝雄は、昭和二（一九二七）年に京城市で生を受けた。恵まれた環境の下、京城中学校から京城第一公立高等普通学校という当時のエリートコースを進み、次は京城帝国大学医学部に入学するという夢を持って受験勉強に勤しんでいたのだが、不運にも高校三年の時、日本は連合軍に全面降伏して敗戦を迎えるに至った。禾本家は、それまで十分すぎるほどの収入を得て、邸宅に三人の召し使いや運転手まで抱えていたが、敗戦により一転して、ほぼ無一文に転落したのである。帝国病院も接収され、親子三人、彦根に引き揚げざるを得なくなった。

孝雄自身は、帰国に先立って急遽、高校過程だけは繰り上げ卒業させてもらったが、終戦直後のことでもあり、彦根に戻っても地元に医学部を目指して受験勉強をさせてくれる進学塾などあるわけもなかった。準備も整わないまま、昭和二十一（一九四六）年春に京都府立医科大学を受験したが、当然ながら不合格となった。もちろんこのままでは終われない孝雄は、そのまま京都市内に下宿して予備校に通い、一年後の二十歳の春に念願の医科大学に入学できたのである。

一方、父の孝定は、京城帝国病院に新設された総合内科の責任者としての激務に従事していた時の無理がたたったのか、孝雄がまだ医科大の三回生の時に、結核を再発してあっけなく他界してしまったのである。

禾本家は彦根の地元では歴史のある名家であり、孝雄は医大を卒業後は、彦根に戻って残された母親の面倒を見ながら、禾本医院を再建するという夢を胸に抱いていた。しかし、父親の他界により、学費の仕送りが途絶えた孝雄は、医学の勉強の合間を縫ってはアルバイトに励まざるを得なくなった。

家庭教師は三軒ほど掛け持ちしたが、その中に東山区音羽町（現・山科区）の福崎内科医院の院長の子女が含まれていた。子供の二人とも娘であったので、跡取りに悩んでいた福崎佐太郎院長は、孝雄の境遇の変化を聞くと、医師免許を取得するまでの学費一切を援助するから、卒業したら福崎家の養子になってくれないかと顔を見るたびに懇請してきた。当初は彦根で禾本病院を再建するとの夢があったので、京都に骨を埋めることはできないと頑なに断り続けたが、不幸なことに医学部四回生に上がると間もなく、父親の後を追うかのように母親が急な病を得て他界してしまったのである。兄弟縁者がいるわけでもなく、事実上、孝雄は天涯孤独になってしまった。

こうなれば、卒業後に彦根に戻って禾本医院を再建する意義も薄れてしまう。一人前の内科医になるためにはまだまだ学ぶべき専門知識が山ほどあり、正直なところアルバイトで学費を稼ぐのも限界に達していたので、孝雄は福崎家の婿養子になることを承諾した。四回生の秋、まだ二十四歳ながら、福崎内科医院の長女と結婚して福崎孝雄と苗字も変わることになった。

当時から医学部の就学期間は六年で、さらに卒業後も一年間の実地修練制度（いわゆるインターン制度）を経なければ医師国家試験受験資格が得られなかった。結局、医師免許を取得するまでに七年を要したので、孝雄はすでに二十八歳になっていた。しかし、医師免許を取得したといっても、すぐに病院内で一人前の医師として勤務できるわけではない。内科には様々な種類の専門分野があり、それらの各科に順番に勤務して、臨床医としての知識経験を積まなければ個人内科医院の将来の院長として責任ある治療には当たれない。

消化器内科

循環器内科
内分泌糖尿病内科
腎臓内科
呼吸器内科
血液内科
神経内科
リウマチ内科

京都府立病院にはこれらの全ての内科があったので、孝雄は指導教授の指示に従い、これらの八つの全ての科目の医療知識を、各々に一年ずつかけて習得することにした。結果的にさらに八年もの年月を要することになったが、これは内科専門医としては必ず通らなければならない道程であった。

さて、福崎家に婿入りした孝雄は、以後、学費の心配をする必要もなくなり、福崎医院の長女・佐紀との間に、結婚翌年には長男が、その二年後には長女というように、一男一女にも恵まれた。福崎家でも、将来の跡取りとなることが期待できる孫も生まれたので大喜びであった。

ところが内科研修医三年目にちょっとしたはずみで一人の看護師と懇ろになり、その上、あろうことか妊娠までさせてしまったのである。孝雄は三十歳になっていた。

慌てて堕胎させようと女を説得したが、頑強に産むと言って聞き入れない。その看護師が現在、夕照会で家元補佐を名乗っている禾本水甫、瑞希の母親の千栄子である。何とか福崎家には内緒に事を収めようとしたが、府立病院内部から医師仲間に情報が伝わり、ついに福崎院長の知るところとなった。福崎佐太郎院長は、当然、激怒した。二十四歳で婿養子に迎え、三十歳になる今日に至るまで、少なくない学費も援助してきたのであるから、孝雄の裏切りは何としても許しがたい。

「だができたものは仕方ない。多少の手切れ金を用意するから、きっぱりと女と別れなさい。今後の子供の養育費は自分でこれから稼いで送金すれば済むことだ」

福崎院長は言葉を荒らげて命じた。孝雄もできることなら、千栄子との問題は円満に収めたいのは山々であった。だが、千栄子に同情した内科の看護師たちが団結して、孝雄に責任を取るように迫った。

孝雄は苦悩した。福崎家からも解決するまでは、音羽町に出入りするなと命じられたので、やむを得ず千栄子と瑞希を連れ、滋賀県大津市の瀬田川河畔に建つアパートの一室を借りて、そこから病院に通うことにした。

養父の福崎院長は、孝雄を追い出したものの、福崎医院を継いでくれる優秀な内科医を娘婿に迎え入れることがいかに大変なことであるか十分に認識していたので、千栄子親子と別れて孝雄が詫びを入れて戻って来てくれることを密かに期待して待ち続けていた。

ところが四年が過ぎたが、一向に何も言ってこないものだから、しびれを切らした福崎院長は孝雄を呼び出して決断を迫った。しかし、千栄子は、

「別れるのであれば、府立病院の中で首を括って死んでやる」

とまで言い募る。気の強い女であるから、あり得ないことではない。一方で福崎家に残してきた子供もいつの間にか成長して、長男はその年、小学校に上がる学齢に達していたから、福崎院長も病院の風評にも影響が及び、これ以上の猶予はないと覚悟を決めていた。実のところ孝雄は、毎年新たな内科で医療知識や技術を得ることに忙しく、家庭の問題に関わっている暇はなかったのである。

優柔不断な孝雄の態度に堪忍袋の緒が切れた院長は、福崎家との離縁を通告し、さらに二人の子供たちの親権まで取り上げて、今後永久に福崎家とは絶縁すると断言した。孝雄とすれば悪いのは自分であるから、一言の弁解もなし得なかった。

その日を境に、福崎家と縁を切った孝雄は、姓を元の禾本に戻すと、晴れて千栄子と瑞希を正式に入籍したのである。滋賀県大津市の瀬田川河畔のアパートも、六畳と四畳半の狭い住まいではあったが、いつまでもここにいるわけでもなく、余すところ三年の内科研修を完結すれば、彦根に戻って、曾祖父以来の禾本医院を再建することを、この時、改めて心に誓ったのであった。

第二節　禾本内科病院

京都府立病院の八科ある内科部門の全てを研修して、指導教授の許可を得た後、三十六歳になっていた孝雄は十六年ぶりに彦根市に帰省した。昭和三十九（一九六四）年の春のことであり、その秋はオリンピックを日本で初めて開催することで国中が沸き返っている時でもあった。しかし、孝雄自身は一人前の医師となって帰省を果たしたものの、手元の余剰資金とて限られていたものだから、すぐに禾本医院建築といくわけにはいかなかった。そこで数年間は、地元の公立病院に勤務医として勤めて、資本の蓄積に努めることにした。

彦根市後三条町の実家は、昭和二十三（一九四八）年、孝雄がまだ医科大の三回生の時に、父親の孝定が結核を再発して五十二歳という若さであっけなく他界し、母親もその翌年に後を追うように世を去ってしまったので、空家となっていた。

ところが昭和二十四（一九四九）年頃の日本は戦後の荒廃からまだ立ちあがれずにいて、外地から帰国した軍人や引揚者で住む家にも不自由していた時代であったので、禾本家の維持管理を依頼していた地元の銀行が、

「孝雄さんが帰省されるまで銀行員家族の社宅に貸してくれませんか」

と頼んできた。家というものは人が住まなければすぐに朽ちて使えなくなると承知していたから、孝雄は自分が帰彦する時は無条件に明け渡してくれるという条件付きで社宅として利用することを許可していた。昭和三十九年の年が明けるとすぐに、

「三月末には後三条町の自宅に家族で戻りますので、明け渡しをお願いします」

と銀行に事前に通知しておいたから、すんなりと入居することができた。それどころか、我が家に戻ってみると、最近まで銀行員家族が住んでいたらしく、畳や建具は真新しく、庭も隅々まで手入れが行き届いていて実に有難かった。孝雄は、将来、自分の病院を再建したら、この銀行と長く付き合っていこうと心に決めた。

それから五年後、孝雄は公立病院での勤務医を辞めることを決心する。これまで医学を学んできたのは、禾本病院を再建するためであったのだから、いつまでもぐずぐずしているわけにはゆかない。自分もすでに四十代半ばである。歳を取るのは早い。そう考えると早速、病院再建の準備に取り掛かった。

昭和四十七（一九七二）年の四月、建坪が約八十坪の鉄骨造り二階建てで、大きいと言えるほどの病院ではなかったが、ともかくも約半世紀ぶりに再建された禾本内科医院の院長として活動を始めたのである。日本経済もようやく敗戦から立ち直って、高度経済成長の波に乗ったかのように思えたが、開院の翌年の昭和四十八（一九七

三）年には、第四次中東戦争の勃発を機に第一次オイルショックが始まり、石油の輸入が止まるという世界的経済事件が発生した。その影響は大変大きく、病院で使用するトイレットペーパーにさえも不自由する有様であった。病院経営は最初の難儀を経験することになる。

昭和四十六（一九七一）年にニクソン米国大統領が「金とドルの交換停止」を発表していわゆるニクソンショックと言われる大きな経済変化が世界に波及した。日本では戦後、米国通貨の一ドルを日本円に換算する時には、三百六十円という固定為替相場が採用されてきたが、この時を境に変動相場制が採用されることになった。黒字国の通貨は当然強い通貨として評価されるようになり、米ドル安、円高へと急速に移行せざるを得なかった。

この背景には、日本円が安く保たれたおかげで輸出が伸びて、日本国の外貨準備は大きく蓄積されたが、相手国の米国では貿易赤字が年々累積していた。日本に対してこれ以上固定為替制度という優遇を与えることはできないと米国が判断した結果の変動相場制への移行であった。敗戦以来、輸入時に支払う外貨は政府が一元的に管理して、輸入者はいちいち政府に申請して許可を得なければならなかった（外貨割当制度）。だが外貨準備が潤沢になってきたことで、昭和五十五（一九八〇）年になると外国為替取引が原則として自由化されることになったのである。

そうなると日本の医学界でも先進国から先端技術の医療機器を導入することにより、米欧に負けない医療水準を確保して、治療に役立たせようという機運が一気に高まった。政府からも医療近代化助成金も得られたので、投資余力のある大学病院などの大きな病院では、欧米からのＣＴやレントゲン装置、放射線治療装置といった大型の医療機器の導入を急ぎ始めていた。

医療技術は日進月歩で従来の医師の経験知識と触診に頼るアナログ的な医療だけでは、救える患者も救えないとわかってきた。つまりレントゲン検査装置や、ＣＴ検査装置などの最新の機器を駆使して科学的病理データに基づく正確な診断が求められる時代となってきたのだ。だが、これらの外国産の最新装置を導入して設置するためには、専門知識を有する医療スタッフも必要となる。しかも実際に導入するとなれば、それらの大型装置の重量に耐える建物構造も前提として求められる。

この医療界の状況変化を鑑みて、昭和五十七（一九八二）年に五十五歳になっていた禾本孝雄院長は、思い切って最新の検査装置の重量に耐えられる鉄筋コンクリート造りの新病棟に建て替えることにした。建て替えには急がせたところで、最低でも一年はかかる。工事の期間中は仮診療所が必要と考えて物色したところ、運よく、近くに移転した工場の跡地を借り受けることができた。急ごしらえのプレハブの仮診療所を建て、患者にもしばらくの間、不便を耐えてもらうことにした。

そうして完成したのが建坪二百坪にまで拡大された現在の新病棟である。本格的な五階建て鉄筋コンクリートの病院が落成すると、院長が卒業した京都府立大学医学部の指導を受けながら、その頃になって生まれた医療機器のリースシステムを活用しながら、欧米の最新治療機器を思い切って導入することにした。

現在の禾本内科医院内の部屋割りはおよそ次の通りである。

一階＝受付、会計、待合、診察室三室、処置室、トイレ
二階＝検査室三室、手術室、リハビリ室、透析室三室、トイレ
三階＝検査入院用病室五室、ナースステーション、浴室、休憩室、食堂、トイレ
四階＝院長室、勤務医控室、検査技師控室、従業員控室、更衣室、従業員食堂、
　　トイレ
五階＝禾本家住居

病院敷地北詰めに建てられていた祖父以来の家には、彦根に戻って以来、親子三人で住み暮らしてきたが、妻が他界して娘と二人きりの生活になってみると、築百年の古びた住居は空調効果が悪すぎて、経済的ではなかった。そこで思い切って新病院の最上階の五階に住居も移すことにしたのである。

また、百年物の古い母屋と並んで建てられていた木造建ての吟剣詩舞道場として使用していた旧禾本会館は、建坪が三十坪ほどしかなく、その上、木造の平屋建てであった。会員の数が増えてきた現在では、使い勝手が悪すぎる。従ってこの際、併せて建て替えることにした。新会館は建坪を八十坪にまで広げて鉄筋コンクリート造りの二階建てであり、一流派の吟詩舞道場としては恥ずかしくない体裁を整えた。これも新病院建設と並行して工事を進めて、昭和五十八（一九八三）年秋に同時に落成したのであった。

第三章　詩吟宗家と家元

第一節　詩選流創流宗家・倉道洛風

詩選流の誕生の地は京都市上京区の北野天満宮の近くであった。戦後にこの地に詩吟教室を開いたのは、初代倉道洛風であり、彼の本名は倉道琢朗という。職業は、戦前は旧制中学校において、戦後は新制の京都府立高等学校で、国語と漢文を教える東京高等師範学校卒の教師であった。

倉道琢朗は明治三十五（一九〇二）年生まれである。十六歳の時、市内の紫野東御所田町にあった京都府尋常師範学校に入学し、四年間をこの学校で過ごした。琢朗の母親は、京都市中京区の御所近くの由緒ある家柄に生まれており、薩摩琵琶の師匠として多くの子弟を教えていた。琢朗は母の影響を強く受けて成人したので、尋常師範学校を卒業する頃には、自らの熱心な練習の成果もあって愛好者たちから天才的と言われるほど、若くして琵琶の語りの節回しに熟達していたのである。実は琵琶の語りには元々詩吟が組み込まれていたため、その琵琶調子の詩吟を別に抜き取って、発展させたのが倉道琢朗であった。

尋常師範学校を卒業すると、小学校の教師になる者が大多数の中で、向学心に燃える倉道は、東京に出てさらに上級教育を受けたいと願った。その願いが叶って、元々神田にあった学舎が今の文京区に移転していた東京高等師範学校に入学したのである。戦前の高等師範学校は、旧制中学校の教員を養成する目的で設立されていた。東京高師に入学した倉道は、国語漢文科を履修し、国文学はもちろんのこと、中国の漢詩文化に至るまで幅広い知識を深めた。後に詩吟の流派を興して弟子たちに教えることになった時も、単に漢詩を朗吟するだけではなく、その詩文が作られた時代の歴史的背景や、作者の生い立ちなどについても造詣の深いところを示すことができたのはそのお陰であり、それがまた向学心に燃える若者たちを惹きつける倉道の魅力ともなった。

倉道が京都から東京に出たのは二十歳の春であったので、それは大正十一（一九二二）年ということになる。その時代は、日本社会が大正文化の高揚に沸いていた社会背景もあり、東京高師の学生時代には、漢詩、特に李白や杜甫を輩出した盛唐時代に作られた唐詩に魅せられて、熱心に学び、それを琵琶調子による独創的な節回しで吟じるようになった。

詩吟という歌唱形式は日本では古来より謡曲とか琵琶曲とかで漢詩文に独特の節をつけて詠われてきたが、特に盛んになったのは江戸時代末期から明治時代の初めにかけてである。当時の詩吟といえば、剣舞の添え吟として吟じられるのが一般的であり、蛮声を張り上げ、顔を真っ赤に上気させて勢いよく吟じるのが勇ましくて良いとされていた。ところが倉道の琵琶調子の詩吟は全く異なったもので、琵琶歌、民謡、浪曲、声明などの日本古来の伝統音楽文化を取り込んだ独自のものであり、さらに生来の張りと豊かな響きのある美声で朗吟するものであるから、学内での発表会や、市民集会からの出演依頼が途切れることのない人気者となり、実に大忙しであったのである。

ところが大正十二（一九二三）年、倉道が東京高師の二年に在学中の秋、関東大震災が発生して東京は悲惨にも大災害を被った。そのために後半の学生生活は詩吟どころではなくなったが、幸いにして師範学校の校舎は倒壊を逃れ、無事に卒業することができた。恩師は都内の中学校で教職に就くことを勧めてくれたが、長男でもあり、故郷の京都に戻ると、旧制中学校の国語教師として奉職したのである。

大震災の後にラジオ放送が東京・大阪・名古屋で始まり、やがてそれらの基地を母体としてＮＨＫ（日本放送協会）が設立された。放送局の人たちもまだ慣れないために何を放送してよいものか、番組編成に手さぐりであったらしいが、倉道琢朗の琵琶調子の吟詠は目新しく、しばしば招聘されて出演するようになった。倉道の吟風は豊かな音楽味に溢れ、しかもＮＨＫが著名な尺八伴奏者と共演させたため、当時の日本吟界の三名人と謳われるほどに、全国的にその名前が知られるところとなった。

昭和に年号が代わり、渡辺緑村、木村岳風、宮崎東明、吉村岳城といった詩吟愛好者たちが協力して、昭和十三（一九三八）年に「大日本吟詠連盟」が創立され、関西でも「関西愛国詩吟連盟」が結成されたが、教師という職業に従事していた倉道琢朗が彼らの仲間に加わることはなかった。

だがその頃、日本の軍部は無謀な戦いに向かって走り始めることになり、昭和六（一九三一）年には満州事変が勃発して、世の中は軍国主義一色に塗りつぶされるようになった。そうなると詩吟の世界でも富国強兵、国威高揚に資する勇ましい詩吟のみが賞賛されるようになる。倉道は依然として京都市内の旧制中学校で国語教師を続けていたが、詩吟というものは、古今の名詩を味わい、美しい日本語をもって表現することこそ正しい吟道であると主張する倉道は、昭和十（一九三五）年頃から終戦までの約十年間、意図的に詩吟から距離を置くようになっていた。

昭和二十（一九四五）年八月、広島、長崎に原子爆弾が落とされて、焦土と化して、ようやくにして日本はギブアップ、無条件降伏したのである。日本国民は、進駐軍の管理下に置かれ、軍国教育から脱して、初めて民主的な教育制度を模索することになった。

昭和二十三（一九四八）年には学制改革が行われ、旧制中学校は新制高等学校に移行することになる。倉道自身もこれ以後は新制高校の国語の教師として引き続き勤めることになった。敗戦後の日本社会は疲弊し、教育も文化活動も共に立ち直るまでには時を要した。戦争中の軍政府は厳しい言論統制や文化活動の弾圧を行ってきたので、それからようやく解放されると、知的文化に飢えていた人々は、外国の知識や芸能の吸収に飛びついた。倉道のところにも、彼の漢詩文学に関する深い造詣と吟詠技術を知っている市民や学生たちから、校外学習として詩吟を教える場所と機会を設けてほしいと熱心に頼まれるようになった。

倉道は迷った末、失意の中にいる人々の精神生活の回復に多少なりとも寄与することになるのであればと思い、彼らの希望を受け入れることに決めた。彼は京都市上京区の北野天満宮近くに親から譲り受けた広い庭園付きの居宅を所有していた。父親は晩年、その庭の中に庵を造作しており、この茶室風の部屋は母屋とは石畳で繫がった全くの別棟であるから、ここなら多少弟子たちが大声を出してもご近所にも家族にも迷惑は掛からないであろうと考えた。

庵は玄関を入ると、トイレと洗面所付きの四畳半の控えの間、奥に八畳の和室、それに押し入れと床の間付きという間取りである。倉道はトイレと洗面所を含めて、全ての間仕切りを撤去し、十五畳ほどの板の間の小ホールに作り替えた。そして男女別のトイレと洗面所は、屋外に別に建てさせたのである。さらに南側の塀を部分的に壊して裏木戸を設け、入り口の柱に詩吟教室の看板を掲げることにした。

さて詩吟を教えるとなると、流儀の顔となる○○流という看板が必要になるであろう。考えてみると、幼い頃から母親が行う薩摩琵琶の語りに挿入されている詩吟の部分にヒントを得て、適当に自己流で歌ってきたわけであるから、これに流儀名を命名するといっても中々難しいことだ。だが他人に教えるということになればそうは言っていられず、流儀という形あるものを示さなければ信用されないであろう。

あれこれと思案した挙句、東京高師時代に学んで好きになった唐詩選を流儀の名称に拝借したらどうであろうかと思いついた。唐詩選というのは、唐代の著名な詩人の詩、四百六十五首を、明の時代に蒐集して作成された漢詩集である。自分が指導する詩吟は、杜甫とか李白などの唐詩中心にするという意味で「唐詩選流」というのはどうであろうか。

ところがこの唐詩選に掲載されている四百六十五首作品には、日本でもよく知られている盛唐の詩人、杜甫や李白の詩は数多く載せられているが、中唐や晩唐の詩人である白居易（白楽天）や杜牧の詩は一首も掲載されていないのである。それに中国詩だけではなく、花鳥風月を愛でる日本の漢詩集の中にも捨てがたいものがあり、さらに時には和歌や俳句までも含めるということになれば、「唐詩選流」ではまずいことになる。

色々悩んだ末に、倉道は「唐詩選」の名前の中の「唐」を外して、

『詩選流詩吟教室』

と名乗ることにした。これであれば、

『古今東西の著名な詩の中から好みの漢詩を選び出して教える』

とも解釈され、選択の自由度が増す。そのように決めると、厚板にその名称を墨痕も黒々と大書して看板を掲げた。このようにして詩選流を創立したのが昭和二十三(一九四八)年であり、その時には倉道琢朗は、すでに四十六歳に達していた。

さて、場所も決まった、流儀名も命名した。だが今までは自己流で、吟じる時の興に任せてその都度、節付けしてきたが、弟子に教える時に、毎回、節調がその時の師匠の気分によって違っていては教えられる方もたまったものではない。一つの漢詩を何度吟じても、詩選流である限り、同じ節回しになるという約束事を表記する音楽でいう楽譜のようなものが必要となるであろう。それは弟子のためだけではなく、自分にとっても必要なものである。

中国では、漢詩を素読する時には、韻を踏みながら(押韻)、書かれた漢詩の字句の順番通りに読み上げるが、中国読みを知らない日本人はそういうわけにはいかない。漢詩を日本語の訓読文に直して送り仮名などを挿入した「書き下し文」が必要となる。これを声に出して読み上げれば「読み下し文」と言われるわけであるが、そのために漢詩の訓読読みでは、中国人のアクセントやイントネーションとは全く別物の表現とならざるを得ない。

詩吟を邦楽の仲間として分類するとすれば、対比されるのは洋楽であろう。では邦楽と洋楽は何が違うかということだが、簡単に言うと西洋音楽はアルファベットという表音文字の羅列で構成され、邦楽は表意文字という意味を内包する漢字文化をベースとしている。従って邦楽は字句の意味をまず伝達した後に、語尾の母音を伸ばしてメロディーを形成するが、洋楽は子音にリズムを持たせるから、文字ごとに振られた音符の強弱や音階が異なって当然である。つまり洋楽では名詞とか、動詞などの単語の意味の伝達は二の次で、リズム優先で曲が進行してゆくことになる。

そう考えると詩吟という漢文をベースとする邦楽では、単語の途中でメロデイが変化することは基本的に好まれない。詩句をまず読み下した後に最後の母音とか、生み字の母音（音節を引き伸ばした場合に生じる母音）を伸ばして、サビ（節回し）が追いかける格好だから、一文字（アルファベット）ごとの音符が並ぶ楽譜のような表記方法は適当ではないと考えられている。

詩吟で多く詠われる漢詩の中で代表的なものは絶句（四行詩）と、律詩（八行詩）であるが、同じ作者の漢詩を吟ずる場合、各流派で共通するものと、異なるものとがある。詩句を読み下した後にメロディー（節回し）を付けて詠うのが詩吟であるとすれば、この読み下し部分は共通で、その後のメロディー（節回し）により歌手（吟士）

がその漢詩に対する感想なり、感慨を表現するということになる。詩吟の宗家とか家元とかは、このメロディー（節回し）を自分流に節付けして弟子にその通りに詠わせる権限を有している人ということになるだろう。

では詩選流の詩吟も特徴は何かと問うならば、それは書き下した訓読みの漢詩に、倉道が好む節回しを振り付けた吟譜のことであると答えなければならないだろう。いったん詩譜が定められると、以後は会員の誰もが、この吟譜に従って歌唱することになる。杜甫や李白の作品であっても、節付けの仕方によれば、漢詩の原作者が意図していなかったような印象をもたらすことになるかもしれない。

「節付け」（メロディー）には、音域の高低の選択も含まれる。例えば「高い山」を表現する場合、高音域で発声すれば「高い」ということをイメージさせるが、低音域で発声すれば、低い山をイメージしてしまうであろう。

そう考えると、作譜する場合は、できるだけ原作者の意図に沿うように考慮しなければならないだろう。詩吟も一種の音楽であるから、自分がその漢詩の詩文から受ける印象をメロディーに置き換えて、高く低く、長く短く、強く弱くという風に吟調を設定するのである。その独特の節回しこそが詩選流の詩吟となる。

国語漢文学の専門家ではあるが、学生時代も含め作曲に必要な学問的学科を履修した経験は持ち合わせないので、当時の他流の吟譜を取り寄せて参考にすることにした。

不識庵機山を撃つの図に題す

頼山陽

鞭声粛粛夜河を過る
暁に見る千兵の大牙を擁するを
遺恨十年一剣を磨き
流星光底長蛇を逸す

（日本詩吟学院発行吟譜）

右の吟譜は、近代吟詠の祖といわれる木村岳風が昭和九（一九三四）年に初めて「略吟符付教本」を公表したものの中の一つである。ここではこの記号の詳しい説明は省くが、倉道は自分がこれまで詠ってきた自分の節回しに従い、これと似た独自の記号を付した吟譜を作成して、弟子たちに教えることにした。後でわかったことは、当時はまだ著作権という概念も規制もなかったから、どこの流派も岳風流のようにいち早く吟符付き教本を発行している他流派を真似て弟子に教えていたらしい。著作権法が国の法律として定められたのは、ずっと後の昭和四十五（一九七〇）年のことである。

　さて、京都市上京区馬喰町の自宅に開設した詩選流詩吟教室に当初集まってきたのは、学生や詩吟の好きな市民二十人ほどであった。後に滋賀県地区本部の家元会長に任命される禾本孝雄もこの時の新弟子の一人である。昭和二十三（一九四八）年秋のことであるから、まだ世の中は落ち着いてはいなかった。街には傷痍軍人と称して松葉杖をつきながら物乞いをする人々や、ヤミ市場が裏町のあちこちに見受けられるというような貧しい社会情勢であったから、弟子の大部分は学生か、生活が保障されている役所勤めの男性に限られていた。

　詩選流を立ち上げた時、依然として倉道は現役の高校教師を続けていたから、本名でもって詩吟教室を営むことは憚れた。そこで、昔から、文人や書家などが本名以外に風雅な雅号を付けてそれらしく格好つけてきたが、自分も吟界ではそれを使用すればどうだろう。ちなみに自分より先に流派を立ち上げている吟界の家元たちはどうしているか調べてみると、ほぼすべての家元が漢字二字組をみ合わせた雅号を付けている。○岳、○泉、○山、○景、○陽、○心、○童、○粋、等々である。子供が生まれると親は名前を付けて戸籍簿に登記しなければならないが、文化活動に使用するペンネームのような雅号は勝手に個々人が名乗るだけのことであるから、別に法的な規制があるわけではない。そこで京都で創流することでもあり、洛中洛外の「洛」に、風流の「風」をつけて、詩選流宗家「倉道洛風」と名乗ることにした。

詩選流が詩吟の他に剣舞と扇舞を併せて教えるようになるのは、ずっと後年になってからであり、長男の倉道賢朗が第二代倉道洛風を継いだ昭和四十二（一九六七）年から以後のことである。初代倉道は詩選流を立ち上げると、まだ十九歳で大学一年生であった賢朗を、京都で著名な日本舞踊の家元に弟子入りさせて、扇の扱い方をはじめ、踊りの所作の基礎から習わせた。それと同時に、地元の警察署の剣道場にも通わせて、竹刀の振り下ろし方はもちろん、武道としての剣道の基本形から体得させることにした。

琢朗は流派を名乗る以上、詩吟のみでなく、剣舞も扇舞も一流でなければ他人に教えることはできないと思い定めていた。特に京都は茶道、華道、日本舞踊などの家元が名前を連ねる土地柄であり、伝統芸能には特別にうるさく言われる古い都なのである。

第二節　一般社団法人「詩選流吟剣詩舞会」

詩選流が一般社団法人という法人格を得たのは、ずっと後の平成二十（二〇〇八）年になってからであり、それは琢朗の孫の倉道勝朗が三代目宗家を襲名して三年後のことである。というのはそれまでは非営利文化団体の法人化には、何だかんだと難しい条件が付けられていたが、この年に初めてそれらの難しい条件が外されて一般社団法人法が施行されたので、早速登記したのであった。

京都市北区北山駅から鞍馬街道を五百メートルほど先に入ると、深泥池の袂に詩選流吟詩舞道会館（通称：鞍馬北山会館）が建っているが、その中に一般社団法人詩選流吟剣詩舞会総本部が置かれている。京都五山の一つである西山の緑を背にして千坪の敷地に三階建ての堂々たる風格を誇っている。

この詩選流吟詩舞道会館の舞台付きの大ホールは、五百人の観客を収容でき、二階、三階にも大小様々の会議室や中ホールがあって、実に使い勝手に優れている。詩選流が使用しない時は、もちろん、吟界他流派や、京都の伝統芸能の発表会などにも有料で貸し出され、休みなく有効的に活用されている。

初代の倉道洛風が京都市上京区の北野天満宮の近くにある自宅の敷地内で詩選流を創流したことは先に述べたが、それ以来、会員が年々増えていったので、集まりのたびに市内のあちらこちらの会場を借りまくらねばならなかった。ところが賢朗が二代目を継承して三年ほど経った昭和四十五（一九七〇）年頃になると、全国に登録する詩選流の会員数が一万人を超えるまでに増え、このままでは流派の研修会を開くにも会場探しに困ることになるに違いないと考えた倉道二世は、自力で剣詩舞会館を建設しようと決心した。

だが伝統芸能の会というのは大方がそうであるが、単なる趣味人の集まりであり、法的な力を持たない任意団体である。当時の詩選流も会員の会費で運営されている非営利の文化団体の一つにすぎなかったから、会館を建設するといっても、原資となる資本金もなければ、団体名義での銀行借り入れも難しい。だからといって高度経済成長の波に乗って土地価格は毎年上がっていくに違いないから、指をくわえて眺めていたのでは、いつまでたっても会館などできるものではない。

そこで彼は一案を思いついた。会員数が一万人を超える勢いであるのだから、その中には家計にゆとりがある人もいるはずだ。建設用地の購入と会館に必要な金額を見積もってもらい、それを何千口かの小口金額に割り振って、「詩選流債」というようなものを出して出資（貸付）してもらってはどうだろう。

二代目倉道洛風が会館用地の買収の交渉に入ったのは、第一次オイルショックが始まる二年前、大阪万博が開催された翌年のことであり、その頃の京都市北区の鞍馬街道周辺の未利用地は坪単価もまだ八万円ほどにすぎなかった。そうすると一千坪の用地代としては八千万円ほどかかるが、それに会館の建設資金に約一億五千万円、合計で二億三千万円ほど必要になるだろう。一口十万円とすれば二千三百口の流債を発行することになる。

そこで倉道は、約千坪の会館建設候補地の買収仮契約を締結すると、ただちに償還期限を二十年とする「流債」の募集手続きに入った。現在では、「一般社団法人詩選流吟詩舞会」という法人名になっているが、当時は「一般社団法人」という制度が民法の規定になかったから、「詩選流債」と銘打ってはいるものの、早い話が宗家が会員の有志にお願いする借用書に外ならなかった。思い切ったことをやったものである。

流債の額面は一口が十万円、「償還期限」は二十五年、流債の社債利息は、会館の建設工事（期間二年）が竣工して運営が軌道に乗るまでの最初の三年間を据え置いた後、つまり発行日から五年据え置いて、六年目から三%の利息を付ける。元金は期限に一括償還という条件である。利息も安く、償還期限も長いので、決して投資家に喜ばれる内容ではなかったが、募集対象を会員に限ったこと、それに投資会員に優遇措置を講じて不利な条件を補うことにした。

つまり当会館には、定員五百人の大ホール、二百人の中ホール、五十人、及び、二十人の数個の会議室他が含まれるが、利用団体者の中に、十%以上の流債購買者が含まれれば、祝祭日、平日を問わず正規の使用料金の半額を優遇するというものであった。使用料金が公営の会館より割安に設定されている上に、全国に散らばる詩選流地区本部のどれもが、大会時の会館手当には困り果てていたから、積極的に「詩選流債」購入に応募してくれた。

募集を開始したのは、昭和四十六（一九七一）年一月のことであったが、会員というものは有難いもので、募集の締め切り日とした三月末日を待つことなく、二千三百口を完売した。倉道洛風二世はすでに設計建設計画は大手建設会社と打ち合わせ済みであったから、建設用地代を支払うと、五月末には早速着工したのであるから、その手順の良さには、驚嘆せざるを得ない。この素早い決断と実行が詩選流に予想もできないほどの大きな幸運と資産を生み出すことになる。

というのは、この会館が完成するのは昭和四十八（一九七三）年半ばであるが、全くの偶然ではあるがその年の十月には第一次オイルショックが発生してインフレ加速が始まる。さらに昭和六十一（一九八六）年から平成三（一九九一）年にかけては、土地神話が流布したりして極端な不動産バブルが日本列島を席巻する。そのためにこの会館周辺の土地の路線価は、倉道二世が買収した時に比較すると坪単価が実に十倍もの暴騰を記録したのである。

しかも平成二（一九九〇）年には京都市市営地下鉄南北線が開通して会館から近いところに北山駅ができるという幸運にも恵まれた。詩選流はこの機会を逃していたら自前の会館などは永久に手に入らなかったはずであり、倉道二世が吟詩舞道の実践のみでなく、経営者としても卓越した先見性と判断力を持ち合わせていたことを改めて理解した会員たちは、誰もがその慧眼に恐れ入り、敬服したのであった。

後年のことになるが、鞍馬北山会館の建設流債は発行から二十五年後の平成八（一九九六）年に償還期限を迎えたが、二代目倉道洛風はその完済を見届けて安心したかのように平成十五（二〇〇三）年に七十四歳でこの世を去った。

当時、鉄筋コンクリート造りの会館の耐用年数は約五十年とされていたが、それまでにまだ四半世紀も余裕があることでもあり、償還後は将来の次期会館建設のために運用益の全額を積み立てていくことにした。

会館の話はこれくらいにして、読者の理解に供するために、倉道琢朗が興した詩選流詩吟教室が、今日、「一般社団法人詩選流吟剣詩舞会」という法人格まで得て、どのように運営されているか、少し説明してみたい。

詩吟の愛好者は、おそらく地元のどこかの流派に所属して、その流派に所属する先生に指導してもらい、何年もかけて少しずつ吟詩舞道に熟達していくのが一般的であろう。ところがその間に、生徒が先生より遥かに上手くなったとするとどうなるか。その流派組織の中で出世して次第に幹部指導者へと昇進を重ねることは予想できるが、家元の地位だけは絶対的に不可侵の領域であり、取って代わることは許されない。さらには自分の好む流儀で詠いたいと思っても、吟譜を勝手にいじることも禁止されている。

ではどうすればよいか。その流派を脱会して自分自身が家元となり、新たな詩吟の流派を興せばよいことになる。では家元とは、いったい、どのような立場であろうか。辞書を引くと【家元】とは、「技芸の道で、その流派の本家として正統を受け継ぎ、流派を統率する家筋、または、その当主のこと」と説明されている。

実は現代においては、誰でも新しく詩吟流派を設立することは、法律上、許されるのが建前となっている。憲法第二十一条に「集会、結社及び言論、出版その他一切の表現の自由は、これを保障する」と、結社の自由は憲法で保障されているからである。事実、明治以後の詩吟界の歴史を紐解いてみると、様々なことがわかってくる。

ある流派で会を統率してきた家元が亡くなると、大方の場合、一子相伝でその人の子供の中の誰かが次の家元を継ぐのが普通である。詩吟によらず伝統芸能の世界では、極めて一般的なことである。

ところで先代が天才的な美声や技量に恵まれていた方で、会員子弟はその先代の夕レント性に惹かれて一大流派を形成していたとすれば、二代目は大変な苦労を強いられることになるであろう。彼が、優れた才能や技量までも先代と遜色なく継いでいれば問題ないのであるが、残念にも平凡な後継者ということになれば、先代家元に憧れて会員となっていた弟子たちは、次第に熱意を失っていくか、さもなくば、仲間に技量人格共に優れた者がいれば、その新タレントと共に脱会する可能性がある。彼らは一緒になって独立して新流派を立ち上げるつもりであり、過去にはそのような例は枚挙にいとまがない。

だが息子だという理由で、先代を引き継いで代替わりした新家元からすると、そんな勝手なことをやられると、せっかく、前の家元が営々と築いてきた○○流が崩壊してしまう懸念がある。そこで県や全国には各流派の家元たちで構成する詩吟連盟という一種の業界団体があり、新規に入会を希望する会派や家元は、その連盟の理事会で加入資格云々が協議されることになる。一種のギルド的な組織であるから、新たに独立して興した小さな会や、親元の流派に反旗を翻して分離独立した者などは、過去の例からすると、相当長い年月を経てから迎え入れられるケースは皆無ということでもないが、一般的には、何年たっても分かれてきた元の会派のトップが拒否権を行使するので、連盟への入会は認められないケースが大半である。

詩吟連盟に加われないということは、連盟主催の大会や、コンクールに弟子を出場させてやることもできないわけで、コンクールで優勝して有名になることもなければ、大劇場での吟詠リサイタルに出場する機会も得られない。あれやこれや考えると、結局、独立は諦め、不承不承、気に染まない二代目家元の下で、粗削りな吟舞に従って続けざるを得ないが、そのうち面白くなくなり、最後は吟界から去っていくことになるだろう。

各種伝統芸能の中でも、詩吟は相対的にマスコミ受けしないマイナーな芸能の部類に属するから、流行歌の歌手のようにマスコミに乗せて派手に稼ぐことは極めて望みが薄い。従って詩吟が好きで、仮にこれを職業として収入を得ようとするなら、家元になって多数の弟子を取り、自分の名前でお免状を発行して免許料を得るしか方法がないだろう。しかし、この道は前述した通り、極端に細く、頂きにまで到達することは大変難しい。

ところが詩選流を創設した初代倉道洛風という人は、旧制東京高等師範学校を卒業しただけのことはあって、大変賢く、深謀遠慮の人だ。当然、ずば抜けて上手い弟子の行く末の待遇や、自分の後継者のこと、詩選流をいかに隆昌させるかということなどにも十分に配慮して、向後の運営方針を定めた。そのお陰で創流から七十年も経た今日に至るまで、三代目宗家が三万人もの会員を擁しながら、隆々と継続しているのである。

その秘策というのは、吟界では極めて稀であるが、初代宗家倉道洛風の方針で流派内分派を許してきたということである。つまり営利企業の株式企業の親会社が、優秀な幹部に分社独立させて子会社を作らせ、そこでの代表取締役社長を名乗ることを許しているようなものである。倉道洛風は、むしろ力のある弟子には独立させて思う存分に活躍させた方が、流派全体としても会員数が増えることになり、詩選流が隆盛するに違いないと推量したのであろう。

自分が苦労して集めた会員であるから、彼らに自らの名前を印字したお免状を交付することで自分の優越感を満足させ、加えて免許料という収入まで得られるなら、誰しも張り切らざるを得ない。その上、会員から家元先生と崇められて自尊心をくすぐられるとすれば、与えられた地域内での会員集めに熱心になることは間違いない。

京都府内においては、宗家のお膝元であるから、総本部が、直接、管轄することになるが、京都以外の都道府県ごとに一人の家元を立てることにより、詩選流という流儀を全国津々浦々にまで広めることを目論んだと思える。

今日に至って振り返ってみると、まことに賢明な策であったと思う。それが証拠に、創立から約七十年、詩選流も三代目となっているが、今や二十六府県に詩選流を名乗る地区本部があり、会員数もバブルの時からは減っているとは言うものの、その現有総数は三万人を超え、吟界では屈指の規模の流勢を誇っているからである。

　では府県別家元配置方式とはいかなるものか、一般社団法人詩選流吟剣詩舞会の他流派には見られないこの仕組みについて少し触れてみよう。全国会員のトップに立つのは、あくまで京都総本部の宗家である倉道洛風であるが、分派した各地区本部が独立して運営できる連邦制度的な組織となっている。各府県の地区本部長は、詩選流〇〇県「〇〇会会長」と名乗ることも、「〇〇会家元」と名乗ることもできる。もちろん、会長と家元に別々な人間が就くこともできるし、一人で「会長家元」を兼務することもできる。ただし、詩選流において、会長と家元を分離して二人の者が別個に分担する場合、会長は総本部からみると、その地区の全会員の代表者であり、家元は宗家から詩選流の正流を間違いなく伝承する力があると認められた者となる。

　家元になれば、自分の名前が印字された免許状を授与することや、その対価として免許料を収受する権利を付与されることになる。もちろん、詩選流の傘下にある地区本部であるから、詩吟の正流節調は厳密に宗家が作譜した吟譜通りに吟じなければならないし、剣扇舞は、宗家の定めた作法と所作で舞うことが義務付けられる。それでなければ全くの自己流、あるいは他流になってしまうからである。

　詩選流地区本部の設置は、一つの府県には一つだけとあらかじめ決められているから、独立して活躍できるだけの技量と徳望を備えていると自認する者は、まだ詩選流が開設されていない府県に移れば、新たな地区本部を設立できる可能性はある。だが、府県別家元の任命権は、あくまで京都総本部の宗家が握っているから、自分で勝手に家元でございますというわけにはいかない。詩選流の流儀の拡散方法は他流にみられないユニークなものであり、経済界でいういわゆるホールディングカンパニー方式である。優秀な会員の跋扈を許しながら、詩選流の勢力圏も自動的に拡大してゆくのであるから、大変よく考えられた方式といえる。

さてついでに、宗家や家元の収入や吟譜の著作権について触れてみたい。

宗家は昇段者に対する免許発行権を地区家元に譲渡したので、宗家の特権である免許料収入の道が断たれたことになる。そこで初代、二代目が選んだ約二百五十の漢詩に節付けした詩吟譜面（吟譜）を統一的に教材として使うことを地区家元に義務付けている。詩選流の教本は十冊に分かれているから、各巻には平均二十五詩が収められていることになる。各冊二千五百円として、三万人の会員が全員、十巻までの教本を買うとすれば、教本の売上累計額だけで、実に七億五千万円に上ると机上の計算ができる。

さらに詩吟譜面は、法律的に著作権で保護されているので、勝手に複写して増刷したりすることは許されないわけだから、これも教本の頒布推進に大いに役立っている。近年では、著作権の保護期間は、以前は著作者の死後五十年であったが、その後、七十年にまで延長されているから、初代が亡くなられた昭和四十二（一九六七）年から数えて七十年、つまり少なくとも二〇三七年までは代価を支払わないで勝手に倉道洛風作の教本を複写して吟舞することは許されない。従って詩選流に在籍を続ける限り、この教本を使い続けなければならないのだ。

教本とは別に三代目宗家倉道洛風は自らが吹き込んだ吟詠ＣＤも制作しており、併せて頒布している。ＣＤの方は長詩のような長いものは省かれているが、やはり十枚一組で販売されていて、一セット当たりの単価は二万五千円である。実は会員には明らかにされていないが、教本やＣＤの販売促進効果を高めるために、それらの売上高の実に二十％が、年度末ごとに販売奨励金として、地区の家元に払い戻されているのが慣例化されている。

また宗家はさらなる安定的な収入の道を講じている。全国の地区家元に免許料の収受を許す代わりに、全ての府県の地区本部に所属する会員から、詩選流年度登録料の上納を義務付けているのだ。金額的には、会員一人につき一万円の年会費となっているが、詩選流会員として登録した全国の会員が、現時点で約三万人いるわけだから、毎年三億円の上納金が定期的に宗家の懐に転がり込んでくる仕組みとなっている。地区の家元が自分の弟子を増やすべく頑張ってくれれば、労せずして宗家は潤うわけだから、笑いが止まらない。

一方、会員の増強に汗を流す地区の家元の主な収入源は、昇段ごとに授与するお免状の対価として、会員が支払う免許料である。弟子は、入門後、まじめに教室（道場）に出席して稽古を積めば、初伝、中伝、上伝、奥伝、皆伝、総伝と順調に昇段させてもらえる。弟子にとってみれば、この昇段こそが上達した証であり、お稽古の励みとなっている。

お免状代は初伝が五千円で、次からは伝位が一つ上がるごとに五千円ずつ上がるから、総伝で三万円ということになる。休まずにお稽古に通えば一年間隔で昇段審査が受けられるから、早ければ入門から六年で総伝位が与えられることになる。ここまでが一般会員であり、これではまだ自分自身が弟子を取って他人に教えることはできない。つまり自分の教室を開けない。

職格者は詩選流にいて指導的立場にいる人たちを指し、弟子を取って教えられる資格という意味であるが、師範代、準師範、師範、上師範、高師という五段階になっている。ただし、職格者の昇段審査ともなると、一般の会員とは異なり、吟舞の熟達度の審査の他に、クリアしなければならない条件が付加されている。

①　詩選流の吟舞を正しく教えられるか。

②　師範代になった者が次の準師範の昇段試験を受けるには、最低二人の弟子を持ち、継続して三年間以上、指導した実績がなければならない。

③　準師範になった者が次の師範の昇段試験を受けるには、さらに一人増えて三人の弟子を持ち、三年間継続的に教えなければならない。

④　師範になった者が次の上師範の昇段試験を受けるには、少なくとも五人の弟子を持ち、三年間継続的に教えなければならない。

⑤　師範になった者が次の上師範の昇段試験を受けるには、少なくとも十人の弟子を持ち、三年間継続的に教えなければならない。

⑥　最高段位の高師格への昇段条件は定めてなく、功績ありとして地区の家元が推薦し、総本部の宗家が承認した者だけが受任できる。

ざっとこのような仕組みになっているが、弟子に対しては、『昇段したければ弟子を取れ』と圧力をかけることによって、結果的に会員数を増やすことにもなるし、それにより家元は免許収入の増額が期待できる。さらに総本部の宗家は上納金や教本などの販売増加で潤うことになるのである。

詩吟や剣扇舞のような伝統芸能を習うという道に踏み込んだ以上、誰もが最後には月謝をもらい、なおかつ、先生、師匠と呼ばれる地位に達することを望むであろうし、また会員個々の意欲を刺激することが、ひいては家元や宗家の収入増に繋がることになり、併せて詩選流を隆昌させるための方策ともなっている。

指導者級の免状料は師範代が五万円で、以後二万円ずつ上がるから、高師は十三万円となり、会員にはかなりの金額負担となるが、これでも吟道以外の伝統芸能、例えば、日本舞踊、茶道、華道などに比べると、遥かに割安な指導者資格免許料だと言われている。

さて、以上のようにして詩選流会員が辿り着くことのできる最高位は「高師」ということになるが、高師を伝授されると、京都の総本部が毎年盛夏に開催する「全国高師会」の練成会に参加することが義務付けられている。この練成会の講師は、倉道洛風・詩選流第三代宗家であり、吟剣扇とも直伝で教授してくれることになっている。

ただし、高師が無条件で練成会に出席できるわけではない。まず各府県で高師への昇格を許された者は、「全国高師会」に加入しなければならない。加入料は五万円でこれも総本部が集金する。全国高師会には「詩選会」という別名があり、毎年の研修費用は一万円となっている。この金は講師である宗家の指導料に振り替えられるが、現時点で詩選会に登録している者の数は、二十六府県で合計二百三十五人にも上っている。

宗家が各地区で最高段位まで鍛錬を積んで上り詰めた会員に、何故、年一回の研修を強要するかというと、それには理由がある。統一した吟譜を配布して各地区の家元にその指導を任せてはいるが、個々の家元には吟声や剣詩舞に個性が出て、どうしても詩選流の正流とされる宗家の表現とはアヤが多少異なるのは、人間である以上、やむを得ないところではある。ところがこれを放置しておくと、年が経つにつれてこの開きがますます大きくなってゆき、その弟子たちも含め、同じ詩選流の流儀をよくする者とは言えなくなるので、年一度の宗家研修会では、それを修正してできるだけ一本化することが最大の目的とされている。

第三節　夕照会家元・禾本李甫

倉道琢朗が詩選流を創流した時から、原始会員の一人として師弟関係を結び、宗家の厚い信頼を得たのが禾本李甫、本名・禾本孝雄であった。

孝雄は終戦後の翌年、昭和二十一（一九四六）年に医大に入学したが、新入生を勧誘する大学の先輩の誘いに乗って詩吟部に入部することになった。元々、孝雄自身、天性の美声に恵まれていたから、民謡などを歌うことが幼少の頃より大好きであった。漢詩の母音を伸ばしてゆりを入れながら詠う詩吟をやり始めてみると、その面白さに次第にのめり込んでいった。当時、学生たちが好んで詠っていたのは主に七世紀から九世紀の唐代に作られた唐詩であった。この時代を代表する詩人たちには、杜甫、李白、孟浩然、王維、白居易、杜牧などの名前が挙げられるが、学生たちには、かつて受験時代に学んだ漢文の授業で取り上げられた詩文が多く含まれており、馴染みがあった。特に杜甫が作った律詩「春望」などは、大戦中、米軍によって完膚なきまで爆撃されて焼け野原となった東京や京阪神の荒廃ぶりに茫然と立ち竦んでいる日本人の心情に通じるものがあり、深い共感を覚えていた。

孝雄が教養課程二回生の時、京都市学生詩吟愛好会が主催する発表会に、ゲストで呼ばれていた倉道琢朗の「春望」を聴いた時には、これこそが真に詩吟と呼ばれるものであろうと、すっかり魅了された。それまで学生たちの詩吟といえば、声が涸れるまで、叫ぶがごとく大声を出すものと思っていたのに、倉道の詩吟はまるで音楽の歌唱であった。またその節調の美しいこと、孝雄はその場で大のファンになり、帰宅する倉道を追いかけて弟子入りを申し込んだのであった。

昭和二十三（一九四八）年といえば、倉道琢朗は戦後の学制改革で生まれた新制高校において、国語の教師をまだ続けていたが、五十歳という年齢が近づく中で、このまま年老いて好きな詩吟の道から遠ざかってしまうのは、あまりにも心残りであると考えて「詩選流詩吟教室」を北野天満宮近くの自宅敷地内に創設したばかりであった。倉道にしてみれば、禾本のような詩吟が大好きな青年の入会は大歓迎である。師弟の年齢差は二十五歳という大きな開きがあったが、共に天性の美声の持ち主であり、たちまち意気投合して、互いに京都市の詩吟ファンの間では知らない人がいないほど名声を馳せるようになっていったのである。孝雄は個人的な離婚騒動の渦中にあっても、詩吟だけは途切れさせることなく続けていた。

昭和三十九（一九六四）年、孝雄は医師免許を得た後、内科医として必要な知識を得るための八年間の科目別の研修をも無事に終えると、故郷である滋賀県彦根市に戻ることにした。曾祖父以来の禾本病院を再興するためである。倉道宗家にその挨拶に赴くと、いつもお稽古に伺う離れの詩吟教室ではなく、母屋の応接間に招き入れられた。

「彦根に戻って、いよいよ、禾本病院を再興するのだってね」

「はい。父が戦前、朝鮮総督府医院に勤務するために禾本病院を閉院したのが昭和元（一九二六）年ですから、すでに四十年近くになります。幸いなことに病院跡地だけはまだ残っているので、すぐにというわけにはまいりませんが、何とか再建したいと思っています」

「そうですか。そのような大変な事業を手掛けようとしている君には却って重荷になるかもしれないが、餞別代わりに詩選流滋賀県地区本部家元の任命状を渡すので、どうか受けてもらいたい」

「えっ、私に？」

「実は彦根には以前から詩選流彦根支部を設けていて、二十名ほどが大学生と一緒に練習してくれている。だが、中々会員の数が増えなくて苦労しているようだ。詩選流の地区本部としては、大阪、兵庫、愛知、岡山に次いで五番目となるわけですがね、医業の傍ら、彼らの面倒を見ながら、滋賀県の詩選流の勢力拡大に力を貸してもらえないだろうか」

「でも彦根には早山賢甫先生と言われる大変詩吟の上手な方もおられると聞いていますが」

「そうです。詩吟だけであれば早山さん他の皆さんも相当なものですが、惜しいことに地区本部の運営を任せるには力不足です。私からは前回彦根に行った時、禾本さんのことはお話ししてありますから、時間ができた時に皆を集めて、お顔を見せてあげてください。何、急ぐことはありません。医業の方の目鼻が付いてからでよいのです」

任命書

禾本孝雄殿　吟号　李甫

あなたを詩選流滋賀県地区本部家元に任命する

昭和三十九年四月一日

詩選流宗家　倉道洛風　家元落款印

宗家が奥の部屋から持ち出してきた細長い形をした角丸の和額は、マットは額装用の布地を張り込んであり、孝雄が挨拶に来ることを予想して、あらかじめ用意していたものと思える。和額に額装された「任命書」は、黒々と墨痕鮮やかに描かれており、家元の権威を象徴するに十分なものに思えた。

今までは本名のまま、倉道の詩吟教室に通っていた孝雄に「李甫」の雅号まで与え、途中の昇段ルールは全く無視、禾本医院を再建するという孝雄に対して、はなむけとして家元就任を認可してくれたのである。孝雄は両手に任命額を捧げたまま、涙がとめどなく流れ落ちて、膝を濡らしていた。

この李甫という雅号は、中国盛唐の詩人、李白と杜甫の名前から戴いた名前である。詩選流の流名自身が、そもそも唐詩選から引用して命名されたことを考えると、李白と杜甫にちなむ雅号は初代宗家がいかに禾本孝雄の吟力に敬意を払っていたかの証左ともいえるであろう。

詩選流彦根支部には、早山賢甫、花谷栄甫、深山峻甫、寺西旭甫など二十数名の会員が、倉道洛風宗家を京都から定期的に迎えて、これまで熱心に練習に励んできた。従って禾本李甫は、それらの以前からの地元会員を押しのけて地区家元の座に就くことになるわけであり、それでは以前からの彦根支部の会員はたまったものではなく、当然、反発したい気持ちもあったと思う。

ところが後日、彦根支部に顔合わせに現れた孝雄から詩吟歴を聞いてみると、年齢的には自分たちと似通ってはいたが、詩選流への入門は禾本の方が早山たちよりかなり古かった。禾本李甫は、詩選流の創立時からの原始会員であった。その上、その時、挨拶代わりに李白作、『早発白帝城』（つとに白帝城を発す）を吟じてくれたが、その吟唱力は一度聴いただけでも、宗家に勝るとも劣らないほどの見事なものであり、到底自分たちの及ぶところではないと痛感した。その時以来、彦根支部の会員たちは、何の異議を唱えることもなく、禾本李甫を滋賀県地区本部の新たな指導者として迎え入れ、家元として仰ぐことに同意したのであった。

宗家の志を重く受け止めた孝雄は、宗家の言葉を胸に秘めて彦根に戻った。禾本医院を即時に再建することは、資金不足のため不可能だろうと初めから諦めていたが、詩吟教室の方は、早速開設することにした。孝雄の祖父である孝恒が、江戸時代から続いてきた大信寺門前町の土地家屋を処分して、後三条町に診療所を移した時、居宅もその後ろに建てていたから、孝雄はとりあえずそこに入居することにしていた。明治時代半ばに建てた築七十年の禾本邸は、まさに古民家と呼ばれるに相応しく、立派な柱や梁の構造を有した歴史を感じさせる和風建築の家であった。その旧家の玄関に、

『詩選流詩吟教室夕照会』

と、大書した看板を帰彦後すぐに掲げたのであった。禾本が地区本部の名称を「夕照会」と命名したのにはちょっとした秘話が隠されている。

江戸時代の浮世絵師、歌川広重が、琵琶湖の南端、滋賀県大津市の瀬田川にかかる瀬田の唐橋（からはし）から望む琵琶湖の美しい夕景を、近江八景の一つとして浮世絵に描いたことはよく知られている。それ以来『勢多（せた）の夕照（せきしょう）』は、南琵琶湖における名所となって

きた。

孝雄が研修医の分際でありながら、看護師の千栄子に対して不倫をして子供まで産ませることになり、養家の福崎家から離縁されたことは前の章ですでに述べた。その時、知人が多い京都市内から人の目を逃れて借りたのが、まさに瀬田の夕照の道に面して建てられていた小さなアパートであった。彦根に帰省する昭和三十九（一九六四）年まで、そのアパートから中京区の府立病院に通ったのだが、千栄子、瑞希の母子と、琵琶湖の西に伸びる比良山脈に沈む美しい夕陽を眺めながら、数年の間暮らした苦い思い出を、孝雄は生涯忘れることができなかった。「夕照会」の名称は、瀬田川河畔の夕照の道にヒントがあったのである。

さて、夕照会を立ち上げたのは、時期的には昭和三十九（一九六四）年の春のことであり、ちょうど、東京オリンピックの開催年であったから、日本中が沸き返り、三波春夫の「東京五輪音頭」を誰もが口ずさんでいた頃であった。四年前の昭和三十五（一九六〇）年に組織された池田隼人内閣が高度成長政策に打って出て、敗戦で打ち萎れていた日本人も、ようやく明るさを取り戻してきていた。長い間、大声を張り上げて歌うことさえも控えていた歌唱好きの市民が、物珍し気に次々と詩吟教室に集まってきたので、生徒は瞬く間に百人を超える数となった。

明治時代からの古い居宅の和室は十畳の広さはゆうにあったが、この人数では孝雄が病院勤めの手が空く日曜日に、午前と午後の二部制にして教えることにしても、まだ入りきらないほどの状態だった。仕方なく、自宅の横の空き地に詩吟道場を急ごしらえで建てることにした。会館と呼ぶには余りに粗末な木造平屋建てではあったが、第一次禾本会館を病院の再建に先んじて建てたのである。

これが夕照会の活動の拠点となった最初の吟剣詩舞道場である。建設資金も十分ではなく、建坪も三十坪ほどの広さにすぎなかったが、小さいながら吟剣詩舞の発表用に小舞台も備え、少人数の会議や研修のための小部屋も設けられていた。そんな手狭な建物でも、当時の彦根市では、六畳一間の学生の下宿代が三千円もしない時代であったのだから、伝統芸能のお稽古のためだけに、自前の会館を有しているというだけでも大変なことである。近隣の街では知らない人はないくらいに有名になり、それが宣伝文句となってさらに入会者が増えていった。人集めという観点からすれば、孝雄の試みは見事に成功したのである。

禾本李甫の夕照会の開設に遡ること四年前の昭和三十五（一九六〇）年から、すでに詩選流彦根支部ができていて、倉道洛風宗家が自ら、三カ月に一度くらいの頻度で巡回指導に来ていた。来彦の主たる目的は国立滋賀大学の吟詠サークルの学生たちに吟詩舞を教えることであった。当時の国公立大学に学ぶ学生たちの生活は、総じて質素で、本を買う金にも事欠くような者が多かったから、宗家に交通費さえも渡せないような始末であったが、倉道はこれも将来の投資と考えていたらしく、近畿圏に所在する大学巡りをやめなかった。学生たちは卒業すると全国に散っていくから、彼らが行った先で詩吟教室を設けてくれるかもしれないという密かな期待を抱いていたのであった。

禾本李甫が帰彦する前の支部長が現夕照会師範会長を務める早山賢甫である。早山は彦根市郊外の篤農家の長男として生まれ、若い時から詩吟が好きになり、滋賀県では民謡が盛んな土山町で民謡と詩吟を教えていた指導者に手ほどきを受けてきた。しかし、旧彦根高商時代からの格式のある大講堂で、倉道洛風の吟詠を聴く機会が得られると、これこそ求めていた吟詠家であると非常に感動して、即刻、詩選流に入門を申し出た。

倉道が大学の事務局長の招きにより、初めて彦根を訪れたのは教職を退職して三年が経った頃である。高校教師の勤務から解放されて、ようやく生じた自由な時間を活用して、請われるままに全国方々に自ら進んで出掛けて詩吟を披露することにしていた。いわゆる、教宣活動と言われるもので、聴衆に詩吟を馴染ませることにより、詩選流の会員を増やすための活動なのである。

大学に招かれて旧彦根高商の大講堂で学生たちのために初めて倉道の詩吟を披露した時、早山たち市民も講堂に入ることを許された。大学の長谷部事務局長は、ずっと以前から、倉道琢朗が勤務していた高校の事務局と繋がりがあって、素晴らしい吟詠家がいることを聞き知っていた。そこで一度、大学に招いて学生たちに聴かせたいと考えて計画したものだったが、その時、大学の市民交流活動の一環としてこの機会を利用することを思いつき、町のあちこちにポスターを張り出して市民にも知らせた。そのポスターを見て聴衆の一人となったのが早山であった。

京都市の隣の県でありながら、その時はまだ詩選流の支部はできていなかった。そこで早山は早速、友人、知人に呼び掛けて詩選流彦根支部を立ち上げたという次第である。

第四節　夕照会後継候補・禾本水甫

さてもう一人、禾本李甫家元の急逝に伴い、二代目家元の有力な候補としてクローズアップされてきた夕照会家元補佐・禾本水甫について話を整理してみたい。

孝雄の一人娘の水甫（禾本瑞希）は、七歳の時、父母と一緒に彦根に移ってきた。ところが、それから三年の後、瑞希がまだ十歳の小学生にすぎない時、母親の千栄子が膵臓癌の発見が遅れ、あっという間に他界してしまった。哀れに思う父・孝雄は、再婚することもなく娘を盲愛したために、彼女はかなり我儘に育ったと周囲で噂されている。会員からの人望も厚い夕照会の家元の娘であり、病院院長の娘で経済的には何不自由なく育ったわけであるから、世間的にはどこから見ても良家のお嬢様である。

だが、瑞希が四十八歳の今日に至るまで、結婚相手にも恵まれないまま独身を続けているのは何故であろうか。一つには、幼い時から友達と遊ぶよりも、自宅の部屋に籠って一人で遊ぶことを好む傾向があり、学校の指導教師も協調性に欠けることを心配して、幾度も父親にそのことを伝えてきた。だが、父親である孝雄は、医者として患者の面倒を見ることに追われており、その上に千人を超えるほどの会員数に膨らんでいる夕照会の家元でもあるのだから、娘と心を通わせる時間を持つことは極めて限られていた。彼女の身の回りの世話は、ほぼ、お手伝いさん任せであり、物理的に娘のために時間を割いてやることができない埋め合わせに、彼女が望むものはほぼ何であっても希望を叶えてやってきた。

そのためであろうか、瑞希は何事につけても独占欲が強く、性格的にもどこか捩れたところがあった。将来、家元を継ぐのであれば、リーダーとして最も求められる他人を思いやる愛しみの心が、特に欠けているのではないかと周りの人たちは懸念している。彼らも陰に回っては色々批判もするが、あからさまに彼女の欠点を指摘したり、アドバイスする人は皆無に等しい。何故ならば、彼女のためによかれと思って直言すれば、以後その者とは口も利かなくなり、遠ざけてしまうからである。

客観的に見て、とても二代目家元として大勢の会員の長としてやっていける徳望を備えているとは思えなかった。詩吟のお稽古は、父である李甫家元に厳しく言われて、中学生時代から、発声練習はやってきたものの、残念ながら声質は、父親よりも母親の方の遺伝子を継いだのか、会員を魅了してやまない父親ほどの秀でた吟声は持ち合わせていなかった。従って吟唱を他の人から褒められることもなかったから、なおさらのこと詩吟の鍛錬を怠ったのかもしれない。

詩選流には、詩吟と共に剣扇舞というもう一つの柱がある。禾本李甫自身は、内科医という責任ある本職をもっていたので、舞まで習得する時間はなかった。しかし、京都の宗家から滋賀県の詩選流地区本部を任されている限り、剣扇舞はやりませんというわけにもいかないから、剣舞と扇舞の部門だけ作って、指導者は毎月京都の総本部から招いていた。夕照会の創立から四十六年が経過したが、この間の本部派遣講師はすでに五人目となっており、現在、指導してくれているのは、扇舞道高師、高野扇翠甫である。

詩選流では、吟道の指導者と区別するために、扇舞道と剣舞道の師範クラスの雅号は、三文字となっており、甫の前に二字が挿入されている。例えば、扇舞の雅号は「扇〇甫」と付けられ、剣舞の雅号は「剣〇甫」と付けられるのである。高野高師は剣舞道の雅号も有していて、剣舞を教える場合の雅号は、剣竜甫と称していた。

詩吟界において扇舞を他人に指導できるほどの人は、大概若い時に日本舞踊を習って日舞の基本動作（所作）を子供の頃から身に付けている場合が多い。扇舞と日舞は、詩意を所作で表現するという意味では共通するものがある。手順のみ覚えてもまるでラジオ体操のようになって、極めてぎこちない舞になってしまう。

禾本水甫も母親が他界して間もなくの十歳の頃から、日本舞踊を地元の花柳流の師匠の元に通ってお稽古を重ねてきた。そのお陰で二十五歳の時に名取のお免状を戴くことができた。ところが、父親に言いつけられて「名取」を取るまではいやいや通ったが、目標を達した以上、日舞は卒業とばかりに、その後はお稽古もぱったりやめてしまった。ジャズのような速いテンポの西洋音楽には身体が自然と反応するが、日舞の舞踊曲は、「長唄」「常盤津」「清元」といったような緩やかな音楽であるから、どうしても馴染めなかったのである。

「では日舞を中断するのを許す代わりに、それまで培った日舞の技能をベースに、詩選流が必要とする流儀を体得するために、扇舞を習いなさい」

と家元に指示されて、今度は扇舞のお稽古をするために、三カ月に一度の割合ではあるが、京都の詩選流総本部まで通わされるはめになった。これも自発的に始めたのではなく、詩選流の家元の娘なのだからと周囲から説得されたものだから、やむを得ず習うという体であった。二十五歳の時から、四十五歳に至るまで通い続けて、ようやく詩選流の扇舞道師範の免許までは取得することができた。しかし、扇舞会員が陰口をたたくには、瑞希が舞台に立った時、全体的な舞の所作に、どこか心の籠っていないところがあって、定まった手順だけを追っているような立ち居振る舞いが見受けられ、必ずしも評価は高くなかった。

父親の禾本李甫は、早くから娘には家元を継承させるほどの吟力も、天性の音楽的センスも不足していると、どうも見抜いていたようである。千五百人にまで増えた会員を見渡して、独身男性の中から、吟声、剣詩舞共に秀でた若者を選び、婿養子に迎えれば一件落着となる。さらに欲を言えば、その男が医師免許をも有していて医業も併せて継いでくれるなら、これに越したことはない。自分と同じように内科院長と夕照会家元を兼任させせて相続させせることができるほどの若者はいないかと、八方に手を尽くして探してきた。

ところが医師免許を得た者が吟詩舞を師範クラスまで併せて習得しているというのは、極めて稀であり、弟子の中どころか、全国三万人の詩選流の全会員を見渡しても、見つけることは正直できなかった。元々、医学部への進学は、受験生にとって最難関のコースであり、趣味に詩吟を修得するゆとりのある者など、まずいない。彼らは詩吟を習う時間があれば、何か好きなスポーツでもやって身体を鍛えておこうと考えたのではないだろうか。

では医師というのは諦めて、吟剣詩舞だけでも家元を継ぐに相応しい特質を持つ人物がいるかと見渡しても、これすらも意に適う未婚の会員を見出すことはできなかった。夕照会創立から四十六年の歴史の中で、この者であれば間違いなく吟界に名を連ねて、会員の徳望を一身に担ってゆけるだろうと、禾本水甫の眼鏡に適った弟子が唯一人いた。花谷静香である。

残念ながら女性会員である上に、とっくの昔、結婚していて千田静香と苗字も変わっている。現在、若くして最高位の高師の位を得て、今は滋賀県南支部の支部長として三百人余りの会員に慕われながら活躍している千田翔甫がその人である。しかも、わが娘とは同年代なのである。瑞希が静香のような娘に育っていてくれたら……と幾度となく父親としては残念に思ってきた。

だからといって翔甫を家元に推挙すれば、結婚相手すら自分で見つけることができない娘の行く末が余りに哀れに思えて仕方ない。このような親心を娘が知って奮起してくれればよいのであるが、吟舞道共に家元継承者として披露できる腕前には遥かに遠いと思えるから、いかにすべきか逡巡しているうちに、禾本李甫の人生舞台は、突然、幕が下りてしまったのであった。

娘の水甫の方からすると、父親が自分をはっきりと後継者として指名することを躊躇っていることも伝わってくるから、なおさら、お稽古は等閑（なおざり）になる。扇舞を習うために京都の総本部道場まで出掛けても、早くお稽古を済ませて、数少ない遊び友達を誘い出して、ぶらぶらと寺社仏閣を観光するとか、伝統的な京料理を食べ漁る方にむしろ興味を引かれている自分であることを認めざるを得ない。総本部のお稽古は、むしろ京都に出かける口実にすぎなかった。正直なところ、父親が高齢に達していることは一緒に寝食を共にしているのであるから実感してはいたが、まさかこんな突然にこの世を去るとは思いもよらなかった。うかうかと過ごしているうちに、若いと傍から言われる歳月は瞬く間に過ぎ去り、気が付いてみると四十八歳の未婚の中年女になってしまっていたのだ。

そんな水甫であるが、父親が急逝した今、独りで残りの人生を生きていく支えとなってくれる人は誰もいないことを、今さらながら思い知るのである。禾本内科医院は副院長として真面目に勤務する小児科医の井出世志郎が、小児科専門医院と看板を書き換えるかどうかは別としても、医院を継承してくれるものと期待できる。自分に万一のことが起きた時はそう願うと、孝雄院長も以前から彼に対して口にしていたようだ。しかし、井出副院長にはすでに妻子があり、これまで詩吟界にも全く興味を示さなかったから、夕照会の後継話は別物となるだろう。

ただ、医院の資産も禾本会館や土地不動産も、瑞希の他には遺産相続する者は現れないであろうから、これからは家主として家賃を受け取れることは間違いない。したがって今後とも、生活費には事欠かないとは思う。だがそれだけでは、これまで家元補佐という称号をもらって会員から夕照会ナンバー2と敬意を払われてきた者としてのプライドが許さないのだ。

そこで、葬儀の準備が進む中で、家元継承の話題が漏れ聞こえてくると、禾本李甫の娘として、今さら、夕照会で誰かの風下に立つわけにはゆかないとの思いが益々強くなり、二代目家元は私が継承させてもらうと早山賢甫や長老たちに言い放ったのである。

だが、吟道にしても扇舞道にしても、水甫にはカリスマ的なものはなく、しかも詩吟をすれば、節調が詩選流の流儀から外れていると指摘される始末である。もし、この状態で彼女が二代目家元に就任すれば、見限った弟子たちが、櫛の歯が抜けるように会から去ってゆくであろうことは最高幹部の誰の目にも見えていた。芸道における家元という役柄は、資産の高を誇るだけでは務まらないということは、この世界では常識である。

第四章　排除の論理

第一節　夕照会家元継承決定会議

禾本李甫の初七日の法事の後、再び、禾本内科病院の五階応接室に夕照会最高幹部会の面々が集まった。筆頭副会長兼師範会長の早山賢甫、副会長兼音響部会長の花谷栄甫、会員管理の責任者である理事長の深山峻甫、事務局長の寺西旭甫の四人である。李甫の娘で家元補佐の禾本水甫は、この家元推薦協議からは外された。禾本家の唯一人の遺産相続人であり、詩選流滋賀県夕照会の家元補佐として、次期家元の職位相続者の最も有力な候補者であったからである。

実のところ、本来は協議するまでもなく、今日まで家元補佐という事実上ナンバー2の職位にあった者であるから、多分、本人も自分が異議なく継承することになるだろうと考えていたに違いない。しかし第三者的に見て、果たして夕照会会長家元を継承するに値するかどうか、会内では疑義が多分にあったこともあり、最高幹部会でもその正当性を検討することになった。

いずれにせよ、夕照会のトップの座をいつまでも空席にしておくことは許されない。京都の宗家や総本部からも、早く継承候補者を決めるように何度となく督促がなされており、万一、継承適格者が不在ということにでもなれば、禾本李甫に認められていた「詩選流滋賀県地区本部会長家元」の資格は、宗家から剥奪されかねない。その場合、総本部は夕照会をいったん解散させ、以前の詩選流滋賀地区に戻し、京都総本部から新たな指導者が派遣される。夕照会の幹部とすれば、何としても滋賀夕照会を継承して自主独立を保持したいのは山々であるが、会長職はともかく、家元に相応しい人物が選ばれるかどうかが問われているのである。

娘で今まで家元補佐を務めていた禾本水甫は、彼女の名前自体は禾本李甫の娘として京都総本部においても知られてはいるが、吟力も扇舞の技量も詩選流の名前を冠した次期地区家元として信認するにはほど遠いということを、残念ながら宗家も総本部の幹部も認識している。同じ悩みを夕照会の幹部も共有しているのである。

禾本水甫を除く他の四人の最高幹部たちは、この七日間に三回もの会合をもってこの件を相談してきた。禾本水甫が家元の資格に欠けるとして、仮にこれを除外するとすれば、どのような問題が生じるかも併せて検討された。第一に禾本会館が建っている敷地も建物も相続者は瑞希（水甫）唯一人であるから、彼女が気分を害して退会することになれば、今後夕照会には会館は貸さないと言い出すとか、貸すとしても近隣の不動産賃貸相場まで家賃を引き上げるなどの妨害行為をやりかねない。

先代は創設者であったので、自宅敷地内に自らが建設した常設の詩吟会館を夕照会に無償で貸与してきた。彼には隣地に建つ禾本内科医院のオーナー兼院長として十分な収入があったので、非営利事業である吟剣詩舞会から家賃を徴収する必要性を感じなかったのだ。そのお陰で夕照会は会費の額を安く抑えられたから、短期間に会員を増やすことができたとも言えるだろう。滋賀県内の吟界にも、競争相手となる他流派がないわけではないから、彼等より会費に値開きがあるとなれば、入会を躊躇する者も出る。詩吟をやろうかと思う人たちにとっては、あくまで詩吟は趣味でしかなく、どの流派で習っても似たようなものであろうと考えている人は少なくない。入会時に月謝の額を聞いて、高いと思えばよそへ行く。都市部に比べて、地方都市はかなり所得水準に格差があるので、文化活動をしてみたい気持ちはあるが、生活を脅かすような代償を払ってまで趣味の会に入ろうとはしないのが実態である。

検討の結果、最後に折衷案として出されたのは、今まで禾本李甫は夕照会会長職と家元を兼任していたが、それを二つに分けて分掌するという分離案である。吟界で通説となっているのは、宗家や家元は流儀を伝承し、弟子を育成することが主な役目である。

流儀は吟剣詩舞の場を通じて実現される。漢詩や短歌の作家を自ら兼ねる宗家や家元は少ないが、古今東西の感銘深い名詩や名歌を選び出し、それに譜付け（作曲）すると共に、舞の所作を振り付けることができる技術的な権能が与えられている職位とされている。当然、漢文学の素養があり、作譜に当たっては音楽的なセンスに長けているだけではなく、舞台に立って熱吟すれば、聴衆を傾聴させるに足る歌手並みの歌唱力を備えていることが求められる。その上に、自らが芸術性の高い剣詩舞を実際に舞って見せられるだけのタレント性を要求されるのであるから、よほど若い時から人一倍の修練を積まなければこの位置に立つことは難しいとされている。

一方の会長は大方の場合、会員の総意として選挙で選ばれ、会費を拠出して会組織を支えている会員の代表者であり、会の象徴的な存在であるとみられている。大概の場合、長年その会派の発展に尽くしてきた長老の中から選ばれるのが普通であり、ある意味で名誉職ともいえるだろう。

ついでに詩吟会派の理事長職について触れておけば、理事長は会員から会費を徴収する実務と、コンクールとか、発表会とか、会員のために行う諸事業の計画と実施、予算管理や、会の運営管理の責任者とされている。

夕照会には創設以来、副会長はいても会長と呼ばれる人はいなかった。何故ならば会長は家元が兼務するものと初めから理解されていたからである。そこで夕照会創設者である禾本李甫の他界を機に、会長と家元を分離したらどうかという案が夕照会で初めて持ち上がったのである。分離されると、会長は会員統括の長として君臨するが、吟詩舞の技術的指導は家元が所管するので、会長は口出しができないことになる。

しかも、詩選流宗家の分身として、会員に昇段を許可し、自らの名前を付した免許状を発行する権限が与えられる。当然、その対価としての免許料は、家元たる者の個人的収入となすことが宗家から許認されている。会長の職務に対して与えられる報酬が、副会長などと同じく、夕照会の年間会計の中から会員の了承を得て支払われるのと、全く対照的である。

最高幹部会における議論の中で、禾本水甫は病院から生活に困らないほどの十分な家賃収入が与えられるはずであるから、会長職に就いた場合でも、先代が無償としてきた禾本会館の賃料を夕照会に請求するようなことは、あり得ないのではないかという楽観論が出された。何となれば、建前上、会長は夕照会の総責任者であり、禾本会館の家賃を引き上げて会の経営を困難にさせるようなことになれば、会員の反発が強まるのは必至であるから、踏みとどまるに違いない想定であった。

つまり水甫には夕照会会長という事実上の名誉職を与え、家元には、吟力と人望においてはその右に出るものがいないと誰もが認めている千田翔甫を推すことにしようという考えである。審議の当初には、水甫の風当たりを避けるために、副会長兼師範会長の早山賢甫を暫定的な家元に推したらどうかという提案もあったが、何しろ傘寿（八十歳）を過ぎている高齢者であるから、体力的にも困難ということで本人が固辞した。そこで全国の吟界でも名前が知られている千田翔甫を家元候補として一本化するということで最高幹部会の最終案がまとまった。京都の宗家や総本部が気にしているのは、詩選流の流統が損なわれないということであるから、家元職さえツボを押さえた人事となれば、会長職が誰になろうとも、お構いなしとなることは目に見えている。

最高幹部会のメンバーの中、花谷栄甫は自分の娘について云々されているわけだから、終始沈黙を守っていたが、理事長の深山峻甫と事務局長の寺西旭甫の二人が強く翔甫を推したのである。彼女の吟詠を聴いて感動しない者は稀であり、前家元も、生前、他流派が招待する記念大会に自分の代理としてしばしば派遣してきたという実績もある。しかし問題はその場の協議に加わっていない禾本水甫本人が、会長職のみの就任を承諾するかどうかである。彼女が、自分の力量は棚に上げて、自分より一歳若い千田翔甫に強いライバル心を示すことは間違いなかった。

詩選流滋賀県夕照会の次期家元を最終的に承認するかどうかの決定権を有しているのは、京都の宗家である。最長老でもある早山賢甫は、その場から宗家の倉道洛風に意向を速やかに打診すべく電話を入れると、運よく宗家は在席していた。

「滋賀県夕照会の早山賢甫でございます。先般は当流の禾本家の葬儀には過分なお心遣いを賜り、まことに有難うございました」

「やあ、早山先生、その節はご苦労様でした。急なことでしたから、後始末が色々と大変でしょう」

「有難うございます。その後始末の件で、内々に宗家のご意向を伺っておきたく、お電話を差し上げた次第です」

「夕照会の家元継承の問題ですな」

「ハイ、お察しの通りです。早急に内定の上、宗家のご決裁を賜りたいところなのですが、正直なところ、色々と悩ましいこともありまして……」

「ははあ、娘さんの水甫さんの件ですね」

「はい、お察しの通りです」

「そうですねえ、それで幹部の皆さんのご意見はまとまりましたか？」

「実は、禾本家の一人娘でもあり、相続権者でもありますので、本来はすんなりと水甫に任せたいところなのですが、まだ会員の信任を得るには若干心配もありまして……」

「そうですか。それでどのような風向きですか？」

「まだこの流派の高師会のメンバー全員には諮(はか)ってはいないのですが、最高幹部がこのところ何度か集まって協議したところでは、会長と家元を分離して、家元補佐の禾本水甫に会長を、滋賀県南支部長の千田翔甫に家元を託してはどうかという意見が強く、結論を出す前に宗家のご意見を内々に賜れるなら有難いと存じたものですから……」

「ははあ、考えましたね。貴会の内情はだいたいのところ、察知しています。水甫先生も、時折、総本部の扇舞師範会でお顔をお見受けするのでお人柄も承知しています。それに千田翔甫先生は、詩選流全国大会で、若い時から全ての階級で優勝を重ねてこられたばかりでなく、全国詩吟連盟の指導者の部のチャンピオンという輝かしい実績もあり、これまでも他流派の記念大会に招かれた際、千田先生に同道していただき、私自身の剣扇舞の伴吟をお願いしたことが幾度もあります。何しろ、翔甫先生に伴吟していただいて剣扇舞を舞えば、舞台映えして、こちらも引き立つものだから、ついついお願いしてしまうのですよ。いやいや私の手の内を先に披露してしまいましたが、私としてもそのような方向で貴会がまとまるのであれば、格別の異議はございません」

宗家は夕照会最高幹部の出した分離案に快諾する感触を示してくれた。

「有難うございます。ではこれから禾本水甫本人、及び、高師会全員の意向を確かめた上で、改めまして御決裁を仰ぎたく存じます」

「承知いたしました」

宗家は会長と家元の分離論に異議はないようである。問題は水甫本人であった。

「では、家元補佐を呼びますか……」

四人は顔を見合せて苦笑いした。これからが難問だと誰もが承知しているからである。

「水甫先生、恐れ入りますが五階応接室までお越しいただけますか」

事務局長が携帯電話で連絡すると、院内の事務所で事務員相手に時間つぶしをしていたらしく、ほどなく水甫は現れた。これから長老たちに言われる内容が継承問題に違いないとわかっているから、顔つきがいつになくこわばって見える。会議用の長机に四幹部が向き合った形で座っていたので、水甫は迷うことなく上座の椅子に座る。曲がりなりにもこれまで家元補佐であったわけであるから、当然と言えば当然でもあるだろうが、これまで長年にわたり父親を補佐して、夕照会を支えてきてくれた長老たちに対して敬意を払い、自らを謙虚に律するという態度には相変わらず欠けている。

「何でしょうか？」

水甫は、じろりと四人の長老たちの顔を遠慮なく見回した。

早山賢甫がおもむろに話し始める。

「では皆さん、僕から話させていただいてもよろしゅうございますか？」

「はい、お願い申し上げます」

「実はご葬儀以来、夕照会の今後の運営方針や骨格について幹部の間で協議してまいったのですが……」

「先生方が何度もお集まりになってご相談して下さっていたことは承知しています」

「まず最も肝心な家元の継承の件ですが……」

「はい」

「先代の李甫先生が詩吟の技量は元より、人格識見共に合わせ持った偉大な指導者でありましたから、突然のご他界で私たちは正直戸惑っています」

「…………」

「そこでこれから当分の間、夕照会の会長と家元を分離されてはいかがかとの意見に達しました」

「えッ、それで誰が会長で誰が家元になるのですか？」

「はい、この四人の考えたところでは、水甫先生に会長をお引き受けいただき、夕照会統合の総責任者になっていただければいかがなものかと存じます。企業で申すなら、代表取締役会長に等しい役席です」

　水甫の顔色が変わる。

「……それで家元には誰が？」

「滋賀県南支部長の千田翔甫先生を推薦させていただきます」

　水甫の頬がぴくぴくと痙攣し始めた。

　千田翔甫は水甫より一歳年が若いが、言うなれば同年代である。翔甫は、幼い時より薩摩琵琶を母の栄子より習って琵琶楽に精通している上に、学生時代は中学校の教員免許取得のために県内の国立大学教育学部に入学して音楽科を専攻している。したがってピアノ実技も免許科目に入っているから、それに合格しているということはピアノ演奏にも困らないほどの力があるということだろう。当然、音楽科には作曲にまつわる理論的な知識の吸収も必須となっているから、家元に求められる必要条件はとっくに備えていることになる。

加えて奥深い日本の伝統芸能を研究するために、教養課程の二年間に、国文科の授業も受けていたらしいと母親である花谷栄甫が話したことがある。受講科目には「万葉集」「古今和歌集」「平安文学」などの日本の古典文学のみならず、中国詩まで含まれていたというから、今の夕照会に、彼女に匹敵するような教養を身に付けている者などいるはずがない。したがって家元となって漢詩や和歌の解釈や、それに曲付けして作譜することになっても、翔甫の力量をもって当たってくれるなら、会員は安心して師と仰いで従ってゆくことができるに違いない。

ところが一方の家元補佐を務めてきた水甫は、滋賀県内の短期大学で家政科を専攻したにすぎない。医師であった父親は、彼女に将来の後継者として必要とされる教養を身に付けさせることを望み、四年生の大学に進むように勧めたが、一人娘の甘えからか、小・中学生の頃から、学校から届く毎期の成績表は父親を喜ばせるような内容ではなかった。彼女は努力して何かの目的を達成するということはついぞなかった。何をやらせても飽きっぽく、長続きしない性格であった。

禾本孝雄は千人以上の吟剣詩舞の会員を統べてきたが、本職は内科医師である。医院の建物や、禾本会館、駐車場他の不動産も多く所有しているため、それらを運用すれば、一人娘が将来生活に困ることはないはずである。例えば、夕照会の会長家元は誰か優れた指導者に譲り、禾本内科医院の院長も才能のある医師を養子として迎えて娘と結婚させるという手もあると考えていた。残念なことにその考えを遺言書に認めることなく急逝したので、このような混乱を招いているのである。

しかし孝雄は、自分の死後、瑞希が禾本家の所有する不動産の収入だけで満足するような性格ではないことは父親としてよくわかっていた。だから早く娘に良き医者の伴侶を見つけてやり、家庭的な幸せを感じさせてやりたいとの親心もあって、娘がまだ二十五歳の頃から何度も見合いをさせてきたが、望ましい結果には至らなかった。娘は高校の時から吹奏楽部に籍を置いていたからクラリネットの演奏が好きで、その方面の男友達との交わりが多かった。素人ミュージシャンにたびたび熱を上げて男女問題を起こすことも一度ならず、二度、三度あり、父親を困らせてきた。そのような経過を辿ってきたものだから、結局、父親の勧める医師と結ばれることなく、あっという間に婚期を逃した格好である。

吟力においては、水甫は千田翔甫とは比べようもなかった。翔甫はこれまで数々のコンクールで全国優勝の栄誉を勝ち取っており、今や、全国の詩吟愛好家で千田翔甫の名前を知らない者はいないほどの有名吟士なのである。

日本詩吟連盟が主催するコンクールでは、全国の地方予選を勝ち抜いてきた吟士が出場する決戦大会で青年の部の吟士権（優勝）を獲得し、またレコード会社が主催する吟詠コンクールにおいても全国優勝の栄誉を勝ち取って記念のＣＤを出版してもらったこともある。

翔甫は、現在、滋賀県夕照会において県南支部を任され支部長を務めているが、その会員は年を追うごとに増え、すでに三百人を超える夕照会最大支部にまで発展させているから、夕照会への功績も少なからぬものがある。その秀でた美しい吟声ばかりでなく、常に謙虚な態度と人間的な魅力に惹かれて、翔甫を支える支部の幹部や会員も、彼女に対する尊崇の念が極めて強い。毎年の支部発表会の開催も一糸乱れぬ団結ぶりで、滋賀県夕照会約千人の会員の誰もが、その卓越した指導力を認めていることは疑う余地もない。

他界した禾本李甫も、千田翔甫が十五歳で入門以来、「静香ちゃん、静香ちゃん」と特別に目をかけ、時には他流派の記念大会に、家元代理として出席させることもあったほどである。しかもその上、誰もが認めるほどの美形でもあったから、舞台に立ち、楚々とした着物姿でそのまろやかな声が凛凛と会場に流れ始めると、聴衆の全てが息を呑み、吟が終われば彼女の範吟の素晴らしさを讃える拍手が鳴りやまないほどであった。

技量も人望も千田翔甫に何一つ及ばない水甫は、家元の父親までが、「静香ちゃん」とまるで我が娘のように呼び掛けて格別に可愛がるので、余計に不快に思い、疎ましいばかりであった。水甫が翔甫に勝っている点を挙げるなら、夕照会を創業した禾本李甫の娘であり、父が残した遺産の全てを相続する権利者であるということであり、それだけは確かであった。

親子という血縁関係のお陰で付与されている家元補佐という称号上、水甫はいかなる場所でも、翔甫と同席する場合は上席に座った。しかし、賞歴からしても翔甫から席を譲られるたびに、会員たちから、

「席が逆ではありませんか」

と言われているような気がして、翔甫の人気が妬ましく、内心はいつも穏やかではなかったのだ。先代が存命していた時でさえ、事あるごとに翔甫に意地悪く当たるので、父親から個人的に注意されることもたびたびあった。そして高師会のメンバーからも、翔甫の人柄や技量に対する賛辞をあからさまに聞かされると、苦々しくてたまらなかった。

最高幹部会が出した提案に対し水甫は即答を避け、しばらく黙していた。他の四人も重要なことであるから、静かに彼女の口が再び開くのを待った。沈黙の時が四～五

分も過ぎたであろうか。

「私は、会長と家元を分割する案には反対です」

「どんな理由からでしょうか？」

　理事長の深山峻甫が水甫の顔を覗き込む。

「会長と家元というリーダーが二人いては、二頭立ての馬車と同じです。二人の意見が異なった時、会員はいったいどちらの言うことを聞けばよいのか、どちらの弟子なのか、わからなくなってしまいます。禾本李甫の夕照会創立以来の道筋を辿るまでもなく、京都の詩選流宗家は、禾本李甫一人に滋賀県詩選流を託したのであり、夕照会は今後とも一人の会長家元に運営を任せるべきと思います」

「いやいや、二十六カ所ある他府県の詩選流地区には、会長と家元を別々に分担しておられる地区が半分以上ありますよ」

　事務局長の寺西旭甫が口を挟む。彼は実務を扱っているだけに、全国の詩選流各会派の内情に通じているのだ。

　理事長が再度発言する。

「府県別に地区本部を新たに設ける時、京都の詩選流宗家が新たな地区本部の家元を任命して運営の責任の所在を明らかにするのですが、基本的には詩選流の地区運営というものは、その地区の会員の総意に基づいて遂行されるべきであると、一般社団法人詩選流吟剣詩舞会総則に規定されています。ですから会長と家元の職掌を分離して運営することも、会員が認めれば何ら問題はありません」

しかし理屈ではなく、女性としても、また相手が人気に勝っているところも、ムラムラと妬み心が沸いている水甫は、翔甫が家元として自分と並び立つことが許せないのである。これればかりはどんなに説得されても、譲る気持ちは持ち合わせていない。

「皆様が会長と家元を分離されるというのであれば、私は賛成しかねますので、私自身が夕照会を退会させていただきます。どうぞ皆様がお好きなようにおやりください」

プイと水甫は横を向くと、そのまま席を立って部屋から出ていった。応接室のテーブルに向き合った四幹部は困惑した顔を見合せる。

「困りましたねえ。京都の宗家は、我々の案に同意して下さったのですがねえ」

最長老である早山賢甫がつぶやく。

「水甫先生が夕照会を脱会するということになれば、夕照会は困ったことになります。瑞希さんが禾本家のただ一人の遺産の相続者ですから、

『今後、会館はお貸しできません』

とでも言われれば、禾本会館は禾本家の敷地内に建てられているわけですから、夕照会は即刻明け渡さなければならなくなります」

事務局長の寺西旭甫が憮然として口を開く。

「そういうことになりますね。年に一度、千人の全会員が集まる夕照会の全県大会は彦根市民ホールを借りていますが、その他の家元吟詩舞研修会、師範会、高師会、定期昇段審査、代議員総会他の二百名以内が集まる会合は、ことごとく禾本会館で開催させていただいてきたわけですから、これらの全てを他所でやることになれば、会計が持ちません」

彼は薬局チェーンのオーナーでもあるから、経営数字の計算には明るい。

「本当に困りましたねえ。夕照会はあくまで吟詩舞を趣味とする人たちの会費を集めて運営してきたわけですから、二百人の会員が一度に研修を受けられる大会議室や、剣扇舞の研修や分科会が可能な四室の個室を有するこれだけの常設会館に代わる会場を他所の建物を有料で借用するとか、ましてや新たな建物を別に建設することなどは、夕照会の現在の財政力では夢のまた夢ですからね」

理事長の深山峻甫も頭を抱える。かつては千五百人まで登録数を伸ばしたこともあったが、現在の会員数は千人少々にまで減っている。夕照会会員が負担する年間の会費は一人二万二千円であるが、その中の一万円は京都の宗家に暖簾代として納めなければならない。したがって夕照会事務局の手元に入るのはその残額なので、年間歳入額は約千二百万円ということになる。大きな金額に見えるが、全県会員大会、吟詩舞コンクール、家元研修会などの開催費、本部事務局運営費、会報発行費など、必要経費を累計すると、年々不足額が拡大してきており、前家元の個人的ポケットマネーの支援を得て、ようやく帳尻を合わせてきたくらいであった。ましてや禾本会館の家賃は全く支払っておらず、わずかに光熱費と水道代だけを負担してきた上でこの始末である。

だからと言って、会費を値上げすることも至難の業なのである。各会員は年度会費の負担の外に、昇段ごとに支払う免許料、所属する支部や教場での会費や講師への月謝、女性は衣装や化粧代などもあり、趣味とはいえ、結構個人的な支出が嵩む。吟詩舞のお稽古は、会員にとってはどこまでも趣味の域を出ず、そうでなくとも各戸の平均年収は都市部に比べると格差があり、会費の値上げには非常に敏感なところがある。

「あれこれと考えていくと、禾本家から追い出されて夕照会を運営することはおそらく不可能ということになりますね。そうなると、ここはどうあっても水甫先生にご機嫌を直してもらうしか道が開けないことになりますか……」

早山賢甫が自らに言い聞かせるかのようにつぶやく。花谷栄甫は副会長の要職にはあるが、この場では自分の娘の去就が絡んでいるので発言は控えていた。四人とも事態の打開方法が思いつかず、しばらく各自が黙ってお茶を啜っていたが、会の実務責任者である事務局長の寺西旭甫が発言する。

「只今お話がありましたように、禾本家所有の吟詩舞会館があればこその詩選流夕照会です。県内に散らばる会員も、この会館を流派の本拠と認識しています。今さらどこかの小さな会場を借りて地区本部と称してみたところで、流派に対する信頼が失われることは避けられません。ここは水甫先生に、会長兼家元にご就任いただく他には選択の余地がないのではないでしょうか」

運営上、選択肢が限られていることは承知している。しかし、人気も技量も不足している水甫にやらせて、どれだけ会が保たれるかを思えば、また暗澹たる気持ちに陥る。しばらく沈黙が続いたのち、最長老である早山賢甫師範会長が皆を説得するように、訥々（とつとつ）と話し始める。

「寺西先生のおっしゃる通りです。そこでご提案ですが、この際、会の実務の要である寺西事務局長先生を除き、我々高齢の副会長と理事長が退任して、水甫先生を中心に若手の幹部を登用してはいかがでしょうか。それで今後は不慣れな水甫先生を助けて、寺西先生をはじめとする新幹部が運営の任に当たるのです。そこで私が務めてきた副会長兼師範会長を千田翔甫先生に継いでいただければ、流儀の技術的な指導については何ら心配ないでしょう。他の二人の副会長は、それぞれ扇舞と剣舞の高師会メンバーの中から就任していただければよいでしょう」

「扇舞と剣舞については、高師会に所属する先生は現段階ではそれぞれお一人ずつです。京都の総本部が主催する吟詩舞試験で高師資格の追認を得られた方でなければ、地区高師会には入れません。もともと、剣詩舞は会員数が少ないですから、資格者も少ないのです」

「水甫先生の剣扇舞の総本部資格は、どこまで上がっておられましたかね？」

「詩吟と剣舞は受けておられません。扇舞は今年の春の総本部練成会で師範をいただかれたと思います。まだ上師範、高師までには相当の時間がかかります」

寺西事務局長が状況を細々と説明する。

早山賢甫がしばらく熟考した挙句、おもむろに口を開いた。

「では、師範会長兼吟道管掌副会長に千田翔甫先生、剣道管掌副会長に今の剣舞道研修部長の大江剣武甫先生、扇舞道管掌副会長に現・扇舞道研修部長の伊佐扇月甫先生を推すということでよろしいか。寺西先生は、我々に比べるとまだお若いことでもありますから、本当にご苦労をおかけしますが、先代からいただいたご恩に私たちに代わって報いるつもりで、理事長兼務の事務局長として引き続き、家元家と夕照会を支えていただくようにお願いいたしたく存じます。皆様、いかがですか？」

「そうなると副会長と理事長を交代される早山賢甫先生、花谷栄甫先生、深山峻甫先生は、これからどのような役職で助けていただけるのですか？」

寺西は、自分だけ取り残されて禾本水甫を支えるのはしんどいと言わんばかりである。

「他県の詩選流を見ていると、副会長を退任された先生は常任相談役に就かれるようですから、夕照会でもそれに倣ってはいかがでしょう？」

現理事長の深山峻甫が思慮深く発言する。最長老の早山賢甫が同意しますと言うように頭を振ると、花谷栄甫の顔を見る。

「いかがでしょうか。花谷栄甫先生、ご異存ありませんか？」

「いえ、私自身については、皆様のお考え通りで異存ございませんが、娘の千田翔甫の師範会長は本人がどう申しますか……。賢甫先生から直接本人の考えを聞いてくださいませんか？」

「それはそうですね。水甫先生との関係もありますからね。しかしこの際、夕照会を背負って立っていただくのは、千田翔甫先生以外にはいないということに何ら変わりはなく、小異を捨ててお引き受けいただけるように私から説得してみます」

四人はこの最終案を、この日は禾本水甫に伝えることは控えることにした。この変更された新体制を京都の宗家に承諾してもらうことはもちろんのこと、要となる肝心の千田翔甫がどう反応するかである。

早山賢甫は自宅に戻ると、その夜のうちに、名前が挙げられた次期最高幹部候補者にそれぞれ電話を入れて内諾を得た。師範会長兼吟道管掌副会長候補にとの内命を受けた千田翔甫は、即答を避け、一度電話を切ってから母親の花谷栄甫に電話を入れた。

「お母さん、師範会長を引き受けるように言われたのだけど、水甫新家元とは事あるごとに衝突しそうで、気が進まないわ」

「だろうね、私もそう思う。だけど静香が引き受けないとなると、夕照会の詩吟はガタガタになることは目に見えているからね。そうなれば亡くなった先代や京都の宗家に対して申し訳ないことだしね」

「それはわかっているけど、宗家から送られてくる詩譜に従って歌う時、新しい家元と師範会長で全く異なる節調となると会員が困るのではないの？　だからと言って、私が水甫先生の節回しを真似てやるのは、御免だわよ」

「そうだね。我が娘ながら月と鼈だからね。あなたが上手に教えれば教えるほど、水甫さんは妬み心を益々強めて意地悪してくることも考えられるからね」

「お母さん、どうしよう？　私本当に受けたくはないわ」

「それなら一度お断りしてみたら、どう？」

「明日の朝、早山賢甫先生にお電話してお断りするね」

　翌朝、頃合いを見計らって静香は早山の自宅に電話をかけた。

「やあ、翔甫先生、おはようございます。いかがですか？」

「副会長先生、先生の跡を継いで次期師範会長にとのご内命をいただき、身に余る光栄とは存じますが、正直申し上げて、私は新しいお家元先生と調子を合わせていける自信がございません。大変、申し訳ありませんが、このたびのご内命は辞退させていただき、今まで通り、滋賀県南部支部長を続けさせていただきたいと思います」

「ははあ、そう言われると思っていました。誰が考えてもお二人が二人三脚で仲良くやれそうにはありませんからね。しかし千田先生、この件は夕照会がつぶれるかどうかがかかっているのです」

「えッ、どういうことですか？」

「実は昨夜、彦根の最高幹部会での顛末を京都の倉道洛風宗家にご報告申し上げました。昼の電話では、千田家元、禾本会長の線で内諾を得ていたわけですから宗家は大変驚いて、それは容易には受け入れられないと語気を強めて言われました」

「私が家元候補に挙がっていたことなど、夢にも思わなかったです」

「もちろん、そうでしょう。私たち幹部会でも、李甫先代家元がご他界された今、詩選流の流儀を守り抜くためには千田先生のお力をお借りする以外には道は開けないとの意見は早くから一致していました。ところが夕照会運営の財政事情は、禾本会館抜きには考えられないのです。禾本家が所有する資産の全てを相続したのは水甫先生だし、あの方に退会するとまで言われると、これまた行き詰まってしまいます」

「…………」

「昨夜、宗家は昼間の話と違うと不機嫌になられ、千田家元就任が滋賀県夕照会継続認可の条件であると突っぱねられて、いったん、電話を切られました。それから再考されたのでしょうか、一時間ほど後にまた宗家は電話をくださいました。

『滋賀県夕照会解散ということになれば、皆様が困られるだけでなく、詩選流全体としても少なからず波紋を生じることになるでしょう。そこで千田翔甫先生が師範会長を引き受けられて、流儀の伝承に責任を持っていただくということを条件に、私も賢甫先生の代替案に同意することといたします』

そう言ってくださいました。翔甫先生、夕照会を救うと思って、師範会長を引き受けてもらえませんか。この件の解決が先代お家元に対する私からの最後の恩返しと思っていますので、これこの通り頭を下げてお願い申し上げます」

もっとも電話だから、本当に頭を下げておられるかどうかはわからない。

「でも先生、私は水甫先生と歩調を合わせていく自信がございません」

「水甫先生があんな方ですから、それはよくわかります。しかし、翔甫先生が師範会長となって流儀の本流を継承するのでなければ、夕照会は解散させるというのが倉道宗家の最後通牒でしたから、千人余りの詩選流夕照会会員を助けると思って引き受けていただきたいのです。お母さんの花谷栄甫先生、理事長を退任される深山峻甫先生、それと私の三人が常任相談役として残り、水甫新家元の我儘を通させないようにしますから、『韓信の股くぐり』の心境をもってお願いします」

「私のような者に、そこまでおっしゃっていただきお返しする言葉もございませんが、もう一度だけ、母と相談させていただいた上でお返事申し上げます」

「わかりました。お待ちしています」

　早山賢甫はすでに八十歳になっているはずである。夕照会千人の会員を残して急逝した禾本先代家元を恨みたい気持ちではなかろうか。夕照会の解散まで宗家に迫られたと言われれば、水甫新家元との個人的な諍いはともかく、詩吟をやるということは、「吟道」と「道」まで付いているのであるから、人倫に悖(もと)ることはやるべきではないだろう。十五歳で入門以来、五十歳になる今日まで導いてもらった夕照会であるから、いったんは師範会長を受けざるを得ないであろうと、ようやくにして心を固めた。

　母親の花谷栄甫に、早山賢甫から聞いた京都の宗家の言葉を伝えると、

「そこまで言われれば、受けないわけにはいかないだろうね」

「ええ、でも、私が受けても、水甫家元は納得しないかもしれないわ。その時は直接、倉道宗家にお話しして辞退させていただくけど、いいかしら？」

「ああ、静香の思う通りにやりなさい。私自身は、正直、夕照会にはもう何の未練もないからね」

「えッ、お母さん、そんなことは言わないでよ。一人で放り出されてもどうしようもないわ」

「わかっているわ。まあ、できるところまでやってみなさい」

早山賢甫は、千田翔甫の了承の回答を得た後、翌日、四人の最高幹部会のメンバーを再招集して禾本水甫を訪ね、京都の倉道宗家の最後通牒として新体制を了承させた。

「禾本会館がなかったら、お前の家元継承はあり得なかったのだ」

という明らかに言外に含んだ倉道宗家の腹の内が見えて、水甫は不愉快極まりなかったが、晴れて第二代家元と呼ばれる椅子を手に入れたことには違いないと思い直して、最高幹部会の最終決定に従うことにしたのであった。

第二節　初代家元お別れの会

禾本水甫は最高幹部会と高師会が、会長家元を分離することなく自分にその継承を許したので、ようやく最終提案を受け入れた。その結果、夕照会の新たな最高幹部の顔ぶれは以下の通りとなった。

夕照会二世家元（会長兼務）　禾本李甫（五十歳／禾本水甫改め）
吟道管掌副会長兼師範会長　千田翔甫（四十九歳）
剣舞道管掌副会長　大江剣武甫（四十八歳）
扇舞道管掌副会長　伊佐扇月甫（四十七歳）
理事長兼事務局長　寺西旭甫（六十三歳）
常任相談役　早山賢甫（八十三歳）
同　右　花谷栄甫（七十六歳）
同　右　深山峻甫（八十歳）
支部長会議・議長（二十支部）　千田翔甫（兼務）

平成二十（二〇〇八）年の年の瀬が迫った十二月二十一日の日曜日、前家元禾本李甫のお別れの会が開催された。会場となった彦根市民会館は、建設から五十年近くが経っていたので間もなく閉館される予定であり、その文化的機能は彦根市の南部に十年ほど前に完成した彦根市文化プラザに移管されることになっている。この市民会館は、毎年詩選流滋賀県夕照会会員発表会を開催してきた場所であり、会館の閉館に先立って、禾本李甫初代家元のお別れの会を催すのは、何か因縁めいて感じられた。

一階大ホールの舞台後方には、故人となった前家元の大きな遺影が壁面中央に掲げられ、その前面の祭壇は、幾重にも重なって丸く盛り上がっている白の菊花が美しく飾られている。参会来賓席には、舞台に向かって右側に彦根市市長代理、彦根市医師会長、倉道洛風宗家代理が着席し、左側には、禾本李甫・新家元に続いて、千田翔甫、大江剣武甫、伊佐扇月甫の三人の副会長が並び、司会は理事長兼事務局長の寺西旭甫が務めている。

厳粛な雰囲気の中で三人の来賓から、故禾本孝雄氏の医師として、また初代夕照会会長家元としての功績を惜しむ弔辞が粛々と述べられたが、それを受けて二代目・禾本李甫が謝辞を述べると共に、二代目会長家元に就任した挨拶を行う手筈になっていた。ところが司会の寺西が新家元を紹介して挨拶を促したところ、彼女は緊張のせい

か、蒼白な顔をしてガタガタ震え、席から立ち上がることができないのである。これを見た事務局長は、

「二代目禾本李甫会長家元は、喪主としての悲しみから未だ立ち直りがたいところがありますので、代わりまして前の筆頭副会長で、このたび、常任相談役に就任いたしました早山賢甫がご挨拶申し上げます」

と、アナウンスした。寺西旭甫事務局長は、このような場面が突発することを予想していたので、舞台下手の袖裏に前師範会長に控えてもらっていたのである。

早山賢甫は黒紋付羽織袴の装束で何事もなかったように舞台中央に静々と進み、来賓に一礼すると、型通りの挨拶を平然と述べた。さすがに実に堂々たるものである。

故人となった先代家元に対し、内外から示された長きにわたるご支援に心から感謝申し上げるということと、新たに就任した二代目会長家元の禾本李甫をはじめ、詩選流夕照会・新幹部への変わらぬご支援をお願いしたいと、粛々と挨拶したのである。

この時、寺西事務局長が新家元の背後にそっと近づくと、

「相談役が家元の代わりに挨拶しているのだから、その間、立ち上がっていてください」

と耳元で促した。二代目は慌てて立ち上がり、挨拶が終わると、来賓席に向かって深々と頭を下げた。その時会場内では、二代目の余りの礼儀知らずに失笑する小さな

ざわめきが起きていた。

早山常任相談役の挨拶が終わると、次は弔吟が奉献される。弔吟とは故人を偲んで吟じる追悼の詩吟のことである。祝賀の会では、出席している会員が一斉に合吟するが、弔吟の場合はそのような騒々しいことはやめて、代表者が一人で舞台に掲げられた遺影に向かって献吟することになっている。詩選流の全ての葬儀や、お別れ会において故人に捧げる弔吟では、初代倉道洛風宗家が作譜した「弔詞」という詩題が吟じられるのが伝統となっている。

演台が取り去られた舞台中央に新師範会長に就任した千田翔甫が進み出ると、会場に詰めた約五百名の会員全員が一斉に起立する。舞台上の来賓や幹部の面々も、菊花が飾られた祭壇の上に高く掲げられた故人の遺影に向き直る。出席者はＣＤ演奏によるオーケストラ伴奏がいつもの通り流れてくるものと思っていた。だが微かに聞こえてきたのは薩摩琵琶の調弦の音であった。音の主は誰かと探すと、新常任相談役に就任した花谷栄甫が、舞台下手の椅子に紋付の黒喪服姿で琵琶を抱いて座っているではないか。

マイクの前に姿勢を正した娘が母親の方にわずかに会釈を送ると、琵琶の撥（ばち）が弦を弾く音が小さく静かに始まり、やがて故人の死を悼んで慟哭するかのように、次第に激しく高まった瞬間、突然、パタンと止む。一瞬の静寂の後、千田翔甫の弔詞の吟詠が始まる。時には強く、時には弱く、高く、低く、清らかにも凛と張りのある吟声が、栄甫が爪弾く薩摩琵琶の物悲しい撥の音に乗って流れ、会場の弔問客を魅了する。女性会員の多くは、忽然として天国に旅立ってしまった禾本李甫の笑顔や語り口、朗々とした吟声などの一つ一つを脳裏に思い浮かべながら、溢れてくる涙をハンカチで拭っている。

新師範会長の弔詞奉献が終わると、お別れの会の司会を務めてきた寺西旭甫が、事務局長と兼務することになった新理事長として、来賓及び会場の会員に対して、出席のお礼を述べたのを最後にお開きとなった。

会員は、がやがやと思い思いに後方の出口から退席していく。壇上に残っている幹部たちは、来賓一人一人に来会のお礼の挨拶を述べて回る。その会話の中でも、千田翔甫の美しくも厳かな弔吟に感嘆したという賛辞が声高に聞こえてくる。幹部に交じって挨拶して回る二代目禾本李甫に対しては、儀礼的に、

「ご愁傷様です」

と、通り一遍の冷ややかなお悔やみの応対がなされたのみであり、誰からも二代目家元就任の祝意は聞かれなかった。

第三節　嫉妬の除名処分

お別れの会で赤恥をかいた二代目禾本李甫は、益々会員の間で人気が出てきた新師範会長の千田翔甫に対する妬み心が、やがて憎しみに近い感情へと変化していった。

年が改まって平成二十一（二〇〇九）年となり、成人の日の祝日ではあったが、常任相談役を含む最高幹部会のメンバー八名が前年度の会計決算の承認、新年度の予算と事業計画等を検討するために彦根の禾本吟詩舞道会館の会議室に招集された。

寺西旭甫理事長が議長席に着く。

「皆様、新年あけましておめでとうございます。昨年秋には、私たちが長年にわたりご指導を賜りました先代家元先生が急逝され、哀しみは消えませんが、我々がしっかりと夕照会の活動を継続することが恩師への恩返しであると自分に言い聞かせて頑張ってまいりますので何卒よろしくお願い申し上げます。では最初に夕照会二代目家元会長にご就任なさいました、禾本李甫先生にご挨拶賜ります」

二代目家元は起立もしないで自席に座ったまま話し始める。

「まだ喪中ですので年賀のご挨拶は省かせていただきます。先生方には葬式からお別れの会まで大変お世話になり、有難うございました。

お別れの会では緊張の余り挨拶原稿の持参を忘れてしまったものですから、一生懸命、挨拶文を思い出そうとしているうちに、寺西先生に早見先生を指名されてしまいました。

二代目として門出からとんだ赤恥をかいてしまい、残念です」

……えっ、自分の不出来を寺西先生のせいにするのか？　……出席者は皆、思わず顔を見合わせる。

「司会者もああいう場合は、急かさないで体勢ができるまで猶予を与えてもらいたいものです」

二代目は寺西旭甫と早山賢甫を上目遣いに睨んでいる。

「それは大変申し訳ありませんでした」

温厚な早山相談役が二代目の怒りを鎮めるべく、謝る。

「それでは早速、議題に入りたいと思います」

寺西が新家元の愚痴を無視して議事を進めようとすると、

「私の話はまだ終わっていません」

と、家元の発言。

「えっ、ではどうぞ」

「私は総会で支部の定数問題を議題にしたいと思います」

「いや、家元、今回の総会では昨年度事業の反省と会計決算、新年度予算と事業計画の審議だけで時間が足りないくらいですから」

「そんなものは、印刷して賛成多数をもらえばそれで済むではありませんか」

「いえいえ、夕照会は千人の会員が負担してくれる会費で運営しているのですから、決算も、予算も丁寧に説明して納得してもらうことが必要です」

「それほど難しいことではないでしょう。禾本会館は無償で提供しているのですから、今まで通りやれば済むことではないですか」

……幹部会のメンバーは新家元の分をわきまえない強引な語り口にうんざりする。この強引さでこれから続けられるのだろうか……。

……家元が問題にしたい詩舞定数の件は、千田翔甫が支部長を務めている滋賀県南支部のことに決まっている。会則では支部の定数は原則的に百名とし、それ以上になると分轄が好ましいと書かれているのに、県南支部は三百名を超えていると言いたいのだ。しかし「好ましい」と書いてあるだけで強制規定ではないから、これまでも先代家元が黙認してきたのだから、今、急に総会で議論しなければならない議題とは思えない。新家元は目の上のタンコブである千田翔甫の足を引っ張ろうとしているにすぎないと古くからの幹部は誰もが承知しているから、この問題をここで議題にする気は全くない。

「家元のご提案の件は、いずれ改めて幹部会で検討するとして、今日のところは上程された議題をこなしたいと思います」

幹部たちは家元を無視して年度計画と予算案の協議に入ったが、その間中、ぶつぶつと独り言を繰り返す。余りのしつこさに嫌気がさした出席者は、寺西事務局長が提案した原案をほぼそのまま承認すると、そそくさと散っていった。二代目の不快な語り口から一刻も早く逃げ出したかったからであろう。

それから間もなくのこと、新年早々、思いもよらぬ事件が起きることになる。

一月二十五日の日曜日、恒例の年次会員総会が禾本会館で開催されたのであるが、夕照市民ホールと異なりこの会館は狭いので、収容人数を制限しなければならない。総会決議会事務局は各支部の師範代以上の職格者に限って人数を比例配分したので、滋賀県に参加できた代議員は千人余りの現在会員の中、二百名ということになった。支部長の千田翔甫を含む南支部からは二十五名の職格者が代議員として出席していた。

む二十六名が小型バスに同乗し、早朝に大津市を出て出席したのである。

平成二十一（二〇〇九）年度の会員総会は、初代会長家元である禾本李甫の急逝により、家元を継承した二代目が初めて所信を述べる総会であり、また最高幹部会のメンバーも新旧交代して新鮮な顔ぶれとなったので、会員は大いに期待していた。

冒頭に登壇した二代目禾本李甫は、第二代夕照会会長家元として会員に対して初めて挨拶を始める。二百名の出席代議員は新家元が何を言うのか、興味津々で待っていた。

「まだ喪に服していますので、新年のご挨拶は省略させていただきます。昨年十一月十一日、私の父である初代夕照会会長家元が病を得て急逝しました。葬儀にあたっては会員皆様の多くから、過分なご香典を賜り誠に有難うございました。前家元の他界により、私、禾本水甫が父の遺言により第二代家元を継承することになりました。夕照会会員の皆様、末永く何卒よろしくお願い申し上げます」

「えッ!?」

と、幹部の面々は顔を見合わせる。初代の遺言などどこにもなく、最高幹部会で推薦して、総本部の倉道宗家が嫌々ながら認めたにすぎない。それも「会長職」だけにしてくれと限定したのに、禾本会館の相続人であることを担保に、先代と同じ肩書でなければ嫌だとごねるので、やむなく会長兼家元を継がせることを了承したのだ。まあ、実力を伴わない家元補佐が家元になったのであるから、その継承が先代の遺言であったとでも語らなければ、会員の信用を得られないと考えたのであろう。

会場を埋めた約二百名の会員からパラパラと拍手があった。しかし、これに続く二代目の発言は、会員が耳を疑うに十分な内容であった。

「新たな体制で新年度を始めるに際して、皆様に家元としてまずお伝えしておかなければならないことがあります。会員の皆様は、禾本李甫初代家元が夕照会を創流するにあたって定めた会則をよくご存じと思います。滋賀県詩選流夕照会は、吟剣扇舞の活動を県内の隅々まで広げることで、県民の文化芸術活動に寄与すると共に、健全な青少年を育成することであると、その活動目的が明記されています。また、会則の第五条には、一つの支部の最大会員数は百名を限度とし、その人数を超える場合は、速やかに分轄して、新たな指導者の下に新支部を設けなければならないと定められています。これは滋賀県の隅々にまで夕照会の吟詩舞の活動を網の目のように広げていく先代の初志を示したものです。特定の市町村において、一つの支部の会員の集団を肥大化させると、夕照会の中にあたかも独立した流派があるのではないかと疑わせるような組織の乱れが生じる恐れがあり、そのようなことはいかにしても防がなくてはならないと考えたからであります」

新家元は何を言い出すのかと、幹部や会場の会員は息を詰めて続く言葉を待っている。

「今年の年度計画を検討するにあたって、夕照会の会員の実数を確認したところ、昨年度末現在で二十支部、一千六十人となりました。つまり支部当たりの平均会員数は五十三名ということになりますから、見かけ上は会則が定めた最大人数以下に納まっているように見えます。ところが事実はそうではありません。お手元に配っている資料の中の支部別会員一覧表をご覧ください。ある一つの支部が突出して、三百二十五名もの支部会員を擁していることがわかります。この支部は明らかに会則に違反して運営されており、本来、四支部以上に分割されるべきものでありました」

ここまで一気に話すと、二代目はじろりと会場を見回した目を転じて、壇上の師範会長席に瀟洒な和服を着て座している千田翔甫を横目で睨みつける。

「はっきり指摘させていただくと、それは滋賀県南支部です。滋賀県夕照会一千六十名中、三割以上もの比率を占めていることは、会則五条に違反しているばかりでなく、明らかに夕照会の流儀を語る別流派を目論む者と断じられても仕方のないことです。しかも、調べてみると、会則違反の状態がすでに十年以上続いているという事実が判明しました。会則の定めを承知しながら、長年にわたり、一人の指導者が詩選流の流風を加工して、自分独自の流儀を教えてきたことは、夕照会本部として看過できないことであり、私は二代目を継承して新年度を始めるにあたり、まことに残念ではありますが、滋賀県南支部長でありますす千田翔甫先生には、その責任を明らかにしていただくために、ここに家元としての権限をもって支部長の役職を解き、併せて県南支部を解散いたします」

会場のあちこちから、

「家元、そんな理不尽なことは許されない！」

「馬鹿なことを言うものではない！」

「あんた、翔甫先生が、詩吟が上手だからヤキモチを焼いているんだろう！」

といった、色々な叫び声が飛び交う。

「私の年頭の挨拶は以上です」

そう叫ぶように言いきると、禾本李甫はいけずうずうしく、師範会長の上席に着席した。入れ替わりに千田翔甫がすっと立ち上がると、新家元に深々と頭を下げ、続いて最高幹部会の席に向かって丁寧に挨拶すると、舞台下手に向かって退席していく。それを見た常任相談役の花谷栄甫が娘に続いて椅子から立ち上がると、これも客席に向かって頭を下げてから退席してしまった。

するとその時である。会場の中ほどに固まっていた会員の集団が、椅子周りの手荷物を持つと個々に立ち上がり、次々に後方の会場の出口から退席を始めたのである。貸し切りバスを仕立てて、本日の総会に出席するためにわざわざ大津市から彦根まで来た、二十五名の滋賀県南支部の代議員たちであった。

「会場の皆様、ご静粛に願います。これから年度計画などの審議がありますから、退席してもらっては困ります！」

司会の事務局長がマイクに向かって叫ぶが、県南支部の会員ばかりでなく、二世家元の言辞を不快に感じた会員が次々と席を立って退席していく。場内が落ち着くと、二百名余りの出席者の中、三割以上が空席になっていた。それを見た二代目はよほど腹が立ったのか、再びつかつかと演台に進むと、

「只今の県南支部の会員の無礼な無断退席は、千田翔甫先生の指示に従ったものと判断して、師範会長としての役席をも只今をもって罷免処分とし、同時に夕照会からの破門を申し渡します！」

「えっ!?」

そこまで言うのかと残った幹部会の役員は元より、会場の会員も独断的な二代目のやり口に呆れ果てた感じで、唖然とせざるを得なかった。

二代目は水甫の頃から、家元家の有力な後継候補者であるにもかかわらず、実力と人気においては、常に千田翔甫の風下に立たされてきたことを深く恨み、何とかして彼女を夕照会から追い出したいと画策してきたに違いない。色々と調べ回った結果、翔甫の卓越した詩吟を慕って集まってきた会員が、会則の定める上限を上回っているという事実を突きとめた。父親が生存していた時であれば、そのことを指摘しても、

「夕照会の発展に寄与しているのだから、感謝しても叱ることなど筋違いだ」

と言下に片づけられるから、自分が承継するその日まで耐え忍んでいたに違いなかった。本来、規則違反を犯した会員を除名処分する場合は、最高幹部会のメンバーで

構成される聴聞会を開催して、双方の利害関係者を呼び、両者の意見を聞いて慎重に審議することが定められているが、幹部会は否認するに違いないから、頭から除名処分と宣言したに違いない。彼女はトップに収まれば他人の話など聞く耳は持たない性格なのである。

会場では、千田翔甫破門の家元宣言を聞くと、残っていた会員も、抗議のために散発的に退席を始める。場内は騒然となり、議事の審議どころではなくなった。

事務局長がマイクで、再三、着席にするように呼び掛けるが、退席する者が後を絶たない。

「本日は思いもかけぬお話を家元先生がなさいましたから、退席者も多数出たので、予定の議事である今年度の予算と事業計画の審議ができなくなりました。皆様のお手元には、会場にお入りになる時、資料はお渡ししていますから、お帰りになってお目通し願います。異議のある方は事務局までお知らせ下さい。異議なしとされた場合は、幹部会の原案通りに決することといたします。また、かかる次第でありますから、本日の総会はこれにて解散といたします」

寺西旭甫は事務局長兼新理事長に就任したので、当日の議事進行は議長として務める予定になっていた。だが、総会の解散を宣言すると、新家元や他の幹部の者たちを壇上に放置したままで、自らさっさと退席してしまった。彼は寺西薬局チェーンのオーナーとして、経営者としても多忙な日々を過ごしている上に、滋賀県ドラッグストア協会の副理事長の要職も引き受けているから、こんな馬鹿げた集まりに付き合ってはいられないと見限ったのではなかったか。後日聞いたところでは、彼もこの日をもってさっさと退会してしまったらしい。

吟剣詩舞を嗜む者たちは、あくまで趣味としてこれをやっているのであり、会内でこそ家元から授けられた段級によって序列が定められているから、仲間内で先生、先生と持ち上げられているかもしれないが、世間に出るとその敬称が評価されることはほとんどない。誰にとってもつまるところ、大切なのは自身の本職と家庭なのであるが、禾本二代目は、家元、家元と取り巻きに祭り上げられて、自分が社会の中でも最も高い位置に就いたような錯覚をしたのであろうか。

第五章　創流の苦しみ

第一節　天才的吟士・静香

花谷静香が彦根市後三条町の禾本会館を訪れて、家元としての禾本李甫と初めて会ったのは昭和四十八（一九七三）年で中学三年生の時であった。前年の四月に禾本内科医院が再建されていたから、静香は母に連れられて二～三度診察を受けに通ったことがある。したがって子供心に禾本先生はお医者さんというイメージが強かったから、禾本会館で初めて家元の詩吟を聴いた時は、お医者さんなのに何と上手に詠われるのだろうかと感心したくらいである。

その当時の禾本会館は、まだ新館に建て直される前のことであったから、会員は三十坪ほどの狭い板張りのホールに折り畳み椅子を並べてお稽古していた。ただ昭和三十九（一九六四）年に禾本が夕照会を開設して十年近くが経っていたので、その頃になると会員も二～三百人に増えていた。したがって禾本会館で日曜日ごとに家元の直伝でお稽古が受けられるのは、午前と午後の二組に分かれて通って来る古くからの会員五十人ほどに限られている。残りの人たちは師範会長である早山賢甫が、各教室を巡って代わりに指導していた。

「静香ちゃんは、琵琶の名手であるお母さんが詠うのを聴きながら大きくなられたそうだから、何か詠えますか」

と、禾本李甫が質問した。

「詩吟というのはよくわかりませんが、母が琵琶を弾きながら時々詠う『川中島』なら少しできます」

「えっ、そうなの？　では、あの舞台に上がって、その『川中島』を聴かせてくれますか」

「はい、わかりました」

静香が栄甫を振り返ると、母は、

「やってごらん」

と言うかのように微笑んでくれたので、舞台に早足で向かった。別に物怖じする様子もない。

甲斐国の戦国大名の武田信玄は、領土をめぐって越後国の戦国大名である上杉謙信に対して、信濃の川中島を主戦場に十一年間にわたり、五回もの戦いを挑んだ。この「川中島」という漢詩は、第四回目の戦いの時、信玄が奇襲攻撃をしかけて、あと一歩というところまで上杉謙信の陣営に攻め込んだ時の様子を表したものであり、江戸時代後期の文人、頼山陽の作による。この詩の原題は「不識庵機山を撃つの図に題す」となっているが（不識庵とは上杉謙信の法号、機山とは武田信玄の法号）、詩吟で吟じられる時の題名は「川中島」と呼称されることが一般的である有名な漢詩である。

　舞台の中央に立った静香は、自分の靴先で床をコンコンコンと三回拍子を取ってから、吟じ始める。もちろん、伴奏音楽はない。

鞭聲粛々（べんせいしゅくしゅく）夜河を過る（わたる）
暁に見る千兵の大牙（たいが）を擁するを
遺恨（いこん）なり十年一剣を磨き
流星光底長蛇（りゅうせいこうていちょうだ）を逸す

　まだ大人の声にはなりきっていないが、実に透き通った美しい声で吟じきった。

　その時の会場には、禾本家元の他に師範会長の早山賢甫や、二十人余りの会員がお稽古に来ていたが、誰もが、少女とは思えぬ張りのある声と、正確な音程に驚いた。

　静香が詠い終わってお辞儀をすると、会場の全員が椅子から立ち上がる。

「素晴らしい！」

「天才少女、現る！」

と、感嘆の声を上げながら拍手喝采である。

この時より、天才吟士、静香、雅号・花谷翔甫の詩吟人生が始まった。

詩選流ではお稽古を重ねていくと、初伝、中伝、上伝、奥伝、皆伝、総伝、師範代、準師範、師範、上師範と九段階の伝位が用意されている。休まず熱心に教室に通うとして、普通の会員であれば、この最後まで昇りきるのに、だいたい十五年から二十年は要するといわれる。ところが静香の場合、中学三年生の時から大学四年になるまでのわずか八年足らずで、上師範の免許まで授与されている。

もちろん、こんなに短期間に最高クラスまで到達できたのは、夕照会の昇段規定通りの審査を受けて上がったものではなく、特別昇段という飛び級を重ねてきたからである。

今では二十六府県にまで増えている詩選流の各地区本部において実施される地区コンクールで十位まで入賞した者が、総本部が主催する全国伝位別コンクールに出場し、そこで優勝すれば一年短縮、さらに全国に数ある流派で優秀な成績を収めた者だけが出場できる日本詩吟連盟主催の全国コンクールにおいて、もし最高優勝を手にすることができるならば、詩選流の吟士は二階級特進という褒賞規定を適用されることになっている。したがって静香は出場するコンクールのほぼ全てに優勝という栄誉を収めて若くして最上段の伝位を手にしたのであった。

静香は大学の教育学部を卒業すると、教師の職に徹するためにしばらくの間吟界から遠ざかっていた。別に詩吟に興味を失ったわけではなく、静香が生徒や父兄から新人教師と軽んじられないために全力を投じたからであった。わずか四年間という短い経験ではあったが、これから長い人生に門出しようとしている青年たちの千差万別の個性を伸ばす糸口を見つけてやることのできる教師という職業に喜びをもって没頭したのであった。

二十七歳の時、大津市の小児科医と結婚したのを機に教師を辞め、千田翔甫として詩吟活動を再開することにした。大津市膳所詩吟教室の始まりである。翔甫の素人離れした吟唱の評判は瞬く間に近隣の詩吟愛好者の間に広まり、十年の間に、教室の数は膳所本部道場を含めて東西南北に十教室にまで増えていた。それに気を良くした禾本李甫会長家元は、これを機に詩選流夕照会県南支部を新たに設置して、その初代支部長に千田翔甫を任命すると発表した。同時に職格者としては最高位である高師の資格を与え、詩選会（高師会）に入会することまでも許した。平成七（一九九五）年四月のことで、その年の一月には、忘れもしない阪神・淡路大震災という未曽有の大災害が起きていた。

翔甫は、夕照会で十三人しかいない高師会メンバーの一人として加わることになったが、その異例の昇段に夕照会の多くの会員たちも驚いた。というのは静香を除く十二名の高師会員は、いずれも六十五歳以上の高齢者であり、それに対して翔甫はその年の三月に三十七歳を迎えたばかりの若さであったからである。それから現在までに高師会の構成人数は四人増えて、十七人となっているが、五十歳になった翔甫が依然として未だに最年少のままである。

千田翔甫の吟唱は、聴衆を惹きつけるに足る天性の美しい声質にも恵まれていたが、母親の栄子が県内では著名な薩摩琵琶奏者であり、琵琶曲を彼女に幼い時から聞かせながら育てた影響も大きいと思われる。翔甫の吟力はとにかく、若い時から他を寄せ付けないほど頭抜けていて、彼女の吟唱には、もはや詩吟という領域を超えた芸術的な響きまで認められた。そのため、吟界以外でも注目されるところとなり、NHK大津支局の詩吟紹介番組にも招かれて出演したことが幾度かあったほどである。

膳所本部道場がスタートした年から二十三年が経ち、禾本李甫家元が他界した時点で、県南支部は支部長直轄教室と孫教室まで入れると、三十五教室、会員数三百二十五名もの大所帯に膨らんでいた。夕照会の会則には支部会員数制限規定というのがあって、百名に達すれば、原則として支部を分割しなければならないと記載されているのは先述の通りである。

ところが総数が三百二十五人にまで増えた現在の県南支部は、七つのグループに分かれており、それぞれ師範の資格を有するグループ長が講師として指導していた。グループ長は平均して五教室を統括するから、それに所属する会員は翔甫から見れば孫弟子にあたる。

さらに七人のグループ長がそれぞれ指導する五教室の下には、教場講師の自宅で二～三人ずつお稽古する小さな単位の教場があった。教場講師というのは、師範代や準師範の資格を得ているので自分の教室は持てるが、先生としてはまだ見習い中ということになる。

この九十六名いた師範代や準師範の教場講師を助けるために、七人の師範の資格を有するグループ長が、週に一度の頻度で各教室を巡回指導するという仕組みになっている。さらにこの七名のグループ講師を含む百三名の職格者全員が県南支部師範会道場である膳所公民館に毎月一回集まって錬成会を行っており、その講師が千田翔甫高師であった。

本来なら、この七つのグループを支部に昇格させ、南支部を分割すれば問題なかったのであるが、誰一人として新支部長となって県南支部から出ていきたいと申し出る者がいなかったのである。新支部になれば夕照会本部の直轄となり、県南支部からは離れなければならないが、七つのグループ教室のどれもが、千田翔甫高師が巡回してくれて、直接、その吟声を聞かせてくれることを心待ちにしていたのである。つまり詩選流夕照会滋賀県南支部の会員というのは、言ってみれば千田翔甫のファンクラブのような集まりに似ていた。

支部分轄規定が気になる翔甫自身が、禾本李甫家元にその状況を伝えても、

「強制するわけにもゆかないしね。あくまで分割規定は、詩選流の運営指針にすぎないわけで、この規定を定めていない地区本部も多のです。静香ちゃんのファンクラブのお陰で夕照会の会員総数が増えてゆくことは、実に喜ばしいことであるに違いない。まあ、彼らが独立したくなるまで、今しばらく、様子を見ていけばどうかね」

と、家元自身がその実態を知りながら看過してきたという経緯があった。

第二節　花谷家と千田家

静香の結婚以前の職業は、滋賀県湖東地区の中学校の音楽教師であったことはすでに述べた。社会人となって四年、思春期の真ん中を生きている中学生を相手に、音楽の授業を通して深く関わることの楽しさが少しずつわかりかけてきていた。母に連れられて十五歳で詩選流に入門して以来、詩吟のお稽古を実に長い間、真面目に続けてきた静香であったが、社会人になってからは、それともすっかり縁遠くなっていた。駆け出しの教師には、趣味を楽しむ余裕など与えられなかったからである。詩選流吟道上師範の腕前を披歴して見せたのは、ごくたまに授業の空き時間を利用して、石川啄木や若山牧水の和歌の朗詠や、短い中国詩を吟じて生徒に聴かせたことくらいであった。

ところが彦根の実家で住み暮らす母の栄子の方は、本人の気持ちとは異なり、二十七歳にもなる娘が結婚適齢期を逃すのではないかと内心やきもきしていた。静香の兄弟は二人、兄と妹である。兄の方はどちらかというと消極的な性格だが、それとは対照的に妹は何につけても興味を持つと一途にのめり込んでしまう前向きな性格であった。静香の父親、つまり栄子の夫である花谷哲生も、同じく教師として定年まで働いてきたので、この職業は熱心にやればやるほど夢中になり、深みに嵌っていく職業であるということを経験的に承知していた。そこで娘には良縁を得てできるだけ早く寿退職を迎えさせたいものと思い、本人の了解も得ないで勝手に各方面に釣書を送っては、お願いして回っていた。

その依頼先の一つに、詩選流夕照会家元である禾本李甫が含まれていた。静香を十五歳の時から若い弟子の一人として見てきたが、教えるとすぐに吟譜を覚えて自分のものにしてしまうほどの賢い子で、その上、音感に優れ、美声にも恵まれていた。高校を卒業して大学生になった頃には、滋賀県内において各種の詩吟コンテストが開催されると、静香は当然のように予選を楽々と勝ち上がるようになった。それだけではなく、審査員は、決戦出場者の十名のリストの中に彼女の名前を見出しただけで、優勝間違いないだろうと予想してしまうほど、県内では名前の売れた吟士に成長していた。

禾本李甫自身は、四十歳の時、後妻の千栄子に先立たれて以来、五十七歳になる今日まで独り身を続けている。

「俺が二十歳若ければ嫁に迎えるのだが」

と冗談を言うほど、静香はお気に入りの弟子であったから、栄子の頼みを二つ返事で引き受けた。というのは、彼は禾本内科医院の院長という医師業を本職としていたわけだから、滋賀県医師会には知人も多く、その気になって数えてみると、独身の息子がいる医者の仲間の何人かの名前がすぐに脳裏に浮かんだのである。

昭和五十九（一九八四）年の十二月の半ばのことであった。大津市内のホテルの会議室において定例の医師会の会合が開催された。禾本は学生時代以来、特別に親しく付き合ってきた信頼のおける親友である医師を見つけると、意図的に彼の隣に席取りした。頼まれた見合い話を持ち掛けるためである。

相手の男は、京都府立医大を孝雄と同じ年に卒業して、大津市内で自分のクリニックを開いている千田武雄という小児科医である。休憩時間に身体を寄せると、静香の母親が代筆した釣書の入った封筒を見せる。

「ちょっと伺うが、小児科医になった君の息子さん、まだ独身だったよね？」

「そうなのだ。どうもその手の話には、なかなか乗ってこないのでね」

「今日は俺が太鼓判を押す娘さんを紹介しようと思ってね、これを持参したわけさ。この子はネ、今は湖東地区の中学校で音楽教師をやっているがね、子供の頃から俺の詩吟教室に通って来てくれて、大学生の頃に日本一にまでなったことのある詩吟の世界では知らない者がいないほどの若手では期待の星なのだ。僕から見ると数万人に一人ともいえるほどの才能の持ち主であるから、自分でもう少し誇ってもよいのではと思えるのだけど、近頃の若い者には似合わず、実に謙虚な娘さんなのだ。自分が若ければ嫁にもらいたいくらい、実によくできた娘だよ」

「どれ、拝見しよう」

封筒の中の釣書を広げる前に、静香の個人写真三枚に目がいく。一枚目は大学四回生の時、滋賀県の二部（指導者の部）の詩吟コンクールで一部（一般の部）に続いてチャンピオンとなった時に優勝カップを胸に抱いている振袖姿の写真、次は中学の教え子たちに囲まれて笑っている写真、最後はお見合い用に写真館で撮ったスーツ姿の写真であり、その引き締まった雰囲気が好ましい。

「……いやあ、稀に見る美人ではないですか」

そう言いながら釣書を取り出して開く。一枚目は本人の履歴が書かれており、二枚目には両親と兄弟の紹介がなされている。

「君の息子さんの俊郎君にも幾度かお会いしているが、トンビが鷹を生んだと思えるほど実によくできた青年だと思う。お二人は似合いの夫婦になるに違いないと思ってね、持参したわけだ。どうだろうか？」

「トンビに鷹はないだろう」

念入りに釣書に目を通し終えた千田医師は、顔を上げるとにこやかに禾本に答えた。

「いやあ、とても良い話を有難う。やはり持つべきものは良き友だな。息子が去年、千田小児科クリニックを継いでくれたので、僕自身は一安心したのだけどね。本人はやれインターンだ、助手だと、医学部卒業後も大学付属病院にこき使われているうちに、もう三十六歳になっている。早く嫁を探してやらねば爺さんになってしまうと内心焦ってはいたのだ。そう言えば今日は都合よく、別の会議室で医師会の青年部会に出席しているから、後で本人を呼び出すことにしよう。久しぶりに君の目で改めて息子の人物鑑定をしてくれないか」

医師会が終わった後、千田武雄の長男・俊郎を一階の喫茶店に招き、青年部会の話などにかこつけて、禾本は俊郎の成長ぶりを改めて観察した。俊郎とは二〜三年前に京都府立医大付属病院の廊下で偶然に出会って立ち話をしたことがあり、それ以来である。

父親の千田武雄は医学部で学んでいた頃から、大変生真面目な医学生であったが、息子の俊郎もこれまた父親の跡を継いで小児科医になろうと志すだけあって、心優しい青年医師に成長していた。話し方にも落ち着きがあり、見たところ身体も頑健そうである。世代も違うから、息子だけ見ていたのでは性格の深いところまでは中々見通せないものであろうが、父親の武雄と三十年以上も親しく付き合ってきただけに、瓜二つと言ってもよいくらい似たところも多く、彼であれば静香の婿として申し分ない。

これは間違いなく良縁であると確信を得た禾本は、彦根に帰着すると、すぐに花谷栄子を医院に呼び出した。禾本内科医院が建っている後三条町は、花谷家のある池洲町から芹川に架かる池洲橋を渡ると間もないところであり、距離に直せば二キロと離れていないだろう。娘の件と言われて、栄子は夫の哲生を伴い、取るものもとりあえずタクシーを呼んで駆け付けた。禾本は院長室に二人を出迎えると、大津市のホテルで開催された医師会における千田武雄や俊郎との会話内容、俊郎に対する自分の印象などを細々と伝えた。

「明日にでも、武雄院長が釣書に本人の写真を整えて、早速、僕のところに速達で送ると言っていたから、明後日には着くのではないか。到着次第、事務員にでも持たせて、お宅に届けさせるから、ぜひ静香ちゃんに強く勧めてもらいたい。とてもバランスの取れた理想的なカップルになると僕は思うよ」

さて肝心の静香であるが、勤務している中学校から彦根の実家に帰宅すると、まだ着替えも済まないうちに、客間に呼ばれて両親の前に座らされた。大津市の医師会の会合日から数えると、三日後の夜のことである。

「あのね、禾本李甫家元先生があなたにとても素敵な方をご紹介して下さったのよ。これを見てくれる？」

「なあに急に？　お見合い写真？」

「そうだよ、あなたもいつまでも独りでいるわけにはいかないでしょ」

「それはそうだけど……今、二学期末で忙しいのよ」

「まあまあ、院長先生がせっかくお骨折りしてくださっているのだから、見てごらんなさい」

そう言って母が娘に手渡したのは、いかにも素人が撮ったと思われる2Lサイズの写真二枚と、便箋にペン字で書かれた釣書である。

写真の男性は背広ではなく、二枚とも医療用の白衣を着ている。見合い写真だというのに、何かおかしかった。写真を見る限り飛びつくほどのイケメンでもなく、そう言っては悪いが、どこにでもいそうな男に見えた。静香自身にとって初めての見合い話でもある上に、正直なところ教職にはまだ強い未練が残っているものだから、何となく気が進まなかった。

「どう？　家元先生はお電話で、本人は写真より良い男だよって言っていらっしゃったわ」

「そうねえ、でも、お医者さんというご職業は、人命を預かる大切なお仕事だけど、昼も夜も関係なしでしょう。私には、多分、ついて行けないと思うわ」

「先方さんは、奥様にはお家にいてもらって、家の内を見ていただければそれでよいとおっしゃって下さったそうよ。お会いする前から色々考えないで、とにかく会うだけでもしてみたらどうなの？　せっかく、お家元先生が仲介の労をお取り下さっているのだから」

静香は、口には出さなかったが、常々感じていることがある。教師仲間でも時々見かけることがあるが、だいたい、先生と敬称をつけて呼ばれる職業の人たちの中には、上から目線で相手に物を言う人が少なからずいるので、どちらかというと敬遠気味であった。自身が教師でありながら、そんなこと言えた柄ではないけれど……。

しかし、ともかくも自分の結婚を心配して、あちらこちら頼み回ってくれている栄子の母心を思うと、無碍（むげ）に断るのも申し訳ないと考え、会うだけならばと了承した。

栄子からの返事を聞いた禾本院長は、

「慶事急ぐべし！」

そのように言うと、自ら細々と手配してくれたので、年が明けて中学校の冬休みも終わりに近い日曜日、栄子が静香を伴って大津市に向かうことになった。二人が浜大津の湖岸に建っている「琵琶湖ホテル」の二階ロビーフロア「レストラン ザ・ガーデン」に行くと、すでに千田武雄、俊郎父子は琵琶湖が見渡せる窓辺の席で待っていた。仲人役の孝雄医師は来てくれなかったから、四人とも全くの初対面であったが、互いに相手の写真を取り交わしていたので、窓辺のあの二人とすぐに人物の見当はついた。レストランの受付に前もって千田家が案内を頼んでいてくれたらしく、

「花谷様ですか？」

と、受付で声を掛けられた。

「はい、そうです」

「千田様がお待ちでございます」

と、二人を席に案内してくれる。受付嬢に案内されて母子が近づくと、大柄な親子が不器用に立ち上がって二人を迎える。

「花谷様がお見えになりました」

「有難とう。どうぞお掛けください」

栄子と静香が会釈して自席の椅子の前に立つと、男性二人はポケットから名刺を取りだして差し出す。

「千田武雄です」

「息子の千田俊郎です」

その名刺の出し方が二人ともぎこちなかったので、母子は笑いをこらえて、それぞれ両手を伸ばして受け取る。会社員と違い、医師が名刺を相手に渡す機会は余りない。

「彦根の花谷栄子と娘の静香でございます。今日は禾本孝雄先生のご紹介でこちらにまいりました。お待たせしたようですが、大変失礼いたしました」

「いやいや、私たちも先ほど着いたばかりです。何しろ自宅から歩いて来られる距離ですからね。さあ、どうぞ、お掛けください」

武雄医師があらかじめランチのコース料理を頼んでくれていたらしく、待つほどもなくスタッフがワイングラスと水を運んできた。

初対面からすぐに食事とはどうかとも思ったが、合理的に物事を進めることの好きな忙しいお医者さんならではのことであろう。

「初対面なので、軽い昼食の方が話しやすいと思って、勝手にコースと飲み物を決めさせていただきました。よろしかったですか？」

「いえいえ、お気遣い有難う存じます」

「では互いに肩の力を抜いて、まずは乾杯といたしましょう」

多分ソムリエと呼ばれる担当者であろう、白衣の制服を着たスタッフが、ボトルの底付近を片手でしっかりと持ち、もう一方の手で下側を支えるように添えて、静かにグラスへと注いでくれる。順番はまず栄子、次に静香のグラスに注ぐ。席に男女が交じっている場合は、女性から始めて次に男性に移り、それぞれ年長者順にグラスを満たして回るのがマナーであると聞いている。

「では初対面のご挨拶代わりに。乾杯！」

四人は「乾杯」と言い、目の高さまでグラスを持ち上げる。ワイングラスでの乾杯は、日本酒の盃のようにコツンと相手のグラスに触れないのが礼儀である。

このレストランからの眺望はまた最高であった。眼前の浜大津港に停泊する大型の遊覧船は青く広がる南湖にその白い姿をくっきりと際立たせている。山頂の延暦寺の甍を檜林の奥に隠している比叡山が、近江神宮の辺りまで緑の裾野を広げ、琵琶湖に跨がる大橋の先には、残雪を峰々に頂いた比良山系が北の方向に長く連なっている。あたかも一幅の絵画を見ているような気がする。

さて、静香が千田俊郎本人と会った第一印象は、正直なところ、悪くなかった。話し方も穏やかであり、会話の受け答えの一つ一つに思慮深さが感じられる。小児科医らしく性格も優しそうで、春風駘蕩としたその人柄には惹かれるものがあった。

「お伺いしますが、千田様のご自宅とクリニックは大津市のどの辺りになるのでしょうか？」

栄子が聞く。

「ハイ、自宅の方は京阪膳所駅から琵琶湖の浜に向かって、坂道を義仲寺の方へ少しばかり下った場所にあります。余談ですが、この坂道のことを、最近の若い人たちは、『ときめき坂』という洒落た愛称で呼んでいるらしい。理由は知らないですがね」

武雄医師が息子の俊郎の横顔に目をやり、にやりと笑う。

「義仲寺からさらに下ると、間もなく湖岸道路に出ます。道路を渡った先の琵琶湖までの間の街は『におの浜』と呼ばれていますが、千田小児科クリニックは、信号のある交差点を渡るとすぐのマンションの一階で開業しています」

「職住は別なのですね」

「はい、今はそういうことです。父が開業した小児科医院は私が二代目という ことになります。私の父親、つまり俊郎の祖父は、戦前には大阪の天王寺区で大きな公立病院で勤務医として働いていました。ところがご存じの通り、終戦前の連合軍による空襲で街も病院も丸焼けにされたものですから、仕方なく出身地である大津市に戻ってまいりました。膳所に小さな個人医院を開業したのは、終戦後、数年が経ち、世の中が少し落ち着いてきた頃だったと聞いています」

武雄医師がフォークとナイフを休ませて丁寧に答える。

「戦後から今まで同じ場所で開業してこられたのですか？」

「いえ、開業時の医院は京阪膳所駅前で、現在、自宅が建っている場所でした。私が千田クリニックで父の手伝いを始めたのが昭和三十八（一九六三）年でした。

ご存じかもしれませんが、戦前の大津市は、浜大津から膳所城跡地にかけて現在の大津湖岸道路まで水域が迫っていました。大津市は滋賀県の県庁所在地ではありますが、山地と琵琶湖との間に挟まれた傾斜地に細長く湖尻に沿って伸びた街ですから、限られた平地しかありません。

そこで滋賀県と大津市は戦後になって、積極的に湖岸沿いに埋め立て工事を行い、街を広げてきました。それが浜大津から由美浜にかけて生まれた『におの浜』開発区です。そのお陰で昭和四十（一九六五）年以後になると、「なぎさ通り」まで新たに平地が生まれたものですから、そこに商業施設やマンション群が次々と建てられるようになりました。そうなれば住民の流入も自然と活発になります。

眼前が湖で、湖岸に沿って市民の憩いのなぎさ公園が浜大津から近江大橋西詰の膳所城跡公園まで続いているのですから、若い方たちに人気が出ないわけがありません。そのお陰だと思いますが、私が膳所に戻った当時、大津市の人口は十万少々でしかなかったのですが、最近では二十数万人にまで倍増しています」

「凄い増え方ですね」

「そうです。そこで私は父を説得して『におの浜』の新築マンションの一階にクリニックを移すことにしました。若いカップルが増えると、小児科の需要も増しますからね。『ときめき坂』を下り、湖岸道路の信号を越えるとすぐのマンションですから、自宅から歩くと十分とはかからない距離です」

「若い人たちは琵琶湖に近いマンションに住むことが夢ですものね。とても時宜にかなったご判断をなされたことになりますわ」

「ええ、まあ、結果的にはそうなるでしょうが……。千田クリニックが立ち退いたお陰で、自宅の敷地に親父夫婦が住む母屋とは別棟を建築するスペースが生まれたものですから、所帯を分けられたのは正直なところ有難かったです」

武雄医師はそれとなく自分たちの住環境を説明してくれているのだろう。

「今でもご両親はご健在なのですか？」

「いやいや、祖父は八十三歳で、祖母も八十八歳で先年旅立ったので、今は、父たちに母屋に移ってもらって、僕が独りで別棟に住んでいます」

俊郎が父親に代わって答えた。ということは仮に静香が結婚することになっても、お舅夫婦と同じ屋根の下で住むことには、ならないわけだ。栄子は気になっていたことが一つ解決してほっとした。

それから二時間もの間、詩吟について、平家琵琶の演奏について、小児科医療について、お世話してくれた禾本孝雄院長と千田武雄院長との学生時代からの親密な交友について、話題は尽きることなく会話は交わされた。

千田父子と別れて彦根に戻る道々、何となく暖かい春風が胸の中を通り過ぎていったような気分となり、静香は、見合い前の後ろ向きであった頑なな気持ちが和らいでいることに気が付いた。もしかすると、生まれて初めて、心から尊敬できそうな同世代の男性に出会ったのかもしれないと、ふと思う。静香にとっては初めてのお見合いではあったが、元々結婚そのものを拒む気持ちがあって話を避けてきたのではなかった。

「お母さん、色々と言ってはいたけど、私、あの方としばらくお付き合いしてみようかしら」

と、栄子に伝えた。

「そうしなさいよ。医者ということを鼻にかけている風情など感じられないし、私もとても素敵な殿方だと思ったわ。お家元先生にそのようにお願いしてみるわね」

翌日の朝のこと、栄子は禾本医院に電話をかけた。

「お会いしてまいりました。とても感じの良い方とお見受けしましたが、娘は、もう少しお互いの理解が進むまで、しばらくの間お付き合いをさせていただけないかと申しております。よろしくお願いいたします」

「そうだろう。俺もあの千田武雄君の息子はトンビが生んだ鷹だと思っている。いや、まあ冗談だが。よし、すぐに親父さんに伝えておこう」

その日以来、俊郎の方もクリニックの休診日を利用して二度、三度と静香とデートを重ねただけで、すっかり気に入ってしまった。大学病院に勤めていた時も、女性医師とか看護師とか、周りに女性がいないわけではなかったが、静香ほど話していて心の安らぎを覚える女性には、これまで出会ったことがないように思えた。いわゆるフィーリングが合うということであろうか。父親にぜひ話を進めて欲しいと申し入れたのである。

話はとんとん拍子に進み、翌々月の三月末、教員にすれば年度替わりの忙しい時期に当たるが、静香の四年間にわたる教員生活に急遽終止符が打たれて退職することになった。教育委員会からは、結婚してもぜひ教職を続けるようにと再三にわたって強く要請されたが、俊郎から、静香にはいったんは退職して、専業主婦となって欲しいという希望が伝えられていた。

というのは、そうでなくとも医学部の修業年限は六年と長い上に、医師の国家試験に合格した後も研修医とか、助手とか、無給に近い期間が長いので、医学を志す若者の結婚年齢はどうしても一般的な職業より高くなる。そういうわけで俊郎もその時すでに三十六歳となっていたものだから、双方が同意したのであれば、一日でも早く千田家に入ってもらい、初孫の顔を見たいというのが、両親の強い願いであったようだ。花谷家の両親としても、静香の一途な性格をよく知っているだけに、これ以上教職にのめり込んでいって欲しくないというのが、正直な気持ちだったのである。

両家の両親の希望を受け入れて、退職前の三月の大安吉日に結納、わずか二カ月後の五月には結婚式を挙げるという、実に忙しないスピード婚となった。昭和六十年（一九八五）前後というと、終戦から約四十年が経ってはいたが、日本社会にはそのようにお見合いした後、時を置かないで、結納、挙式を行うという昔ながらの忙しない慣習が、まだ多少は残っていた時代であったかもしれない。

さて、静香の結婚の思い出話になってしまったが、物語は、それから二十四年ほど経った平成二十一（二〇〇九）年の春に起きた破門事件にまで下るとしよう。

第三節　七人の弟子

「静香先生、まず何から始めますか」

平成二十一（二〇〇九）年の四月初め、うららかな春の午後であった。かつて詩選流滋賀県夕照会の県南支部の運営を助けてくれていた主だった七人のメンバーが、静香の自宅の応接間に集まっていた。昭和六十（一九八五）年五月に結婚した静香は、同じ年の九月には「詩選流膳所詩吟教室」を開設し、詩吟の世界に戻った。今ここに集まってくれている七人は、教室開設から間もないうちに入会してた、いわゆる原始会員たちであるから、いずれも二十三年以上の吟歴を誇っている。

そもそも騒動の始まりは、二世家元に就任した禾本水甫改め二代目禾本李甫が、静香の人気を嫉む余り、滋賀県南支部の会員数が夕照会会則の定める制限条項に違反すると難癖をつけて、静香の支部長解任処分を総会の席で発表したことが発端である。二代目としては、かなり前から意図的に除名処分のタイミングを画策していた節が窺える。

だが支部長罷免を宣告し、それに応じた静香と母親の栄子が、文句の一言も口にしないで降壇する姿を見た途端に、出席していた県南支部の代議員二十五名全員が抗議の意思表示として一斉に席を立って会場から退出した。ところがそれだけに止まらなかった。

昨年末、初代家元が急逝した際、千名余りの会員の中には、二代目家元は千田翔甫、つまり静香が継いでくれることを県南支部会員以外にも期待していた者が少なからずいた。ところが期待に反して、故家元の娘である禾本水甫が継承することになり、何となく心にモヤモヤを抱えたまま出席していた者も少なくなかった。

会則違反を糾弾して支部長の解任を告知することで、瑞希は二代目家元としての威厳を示すつもりであったのに、予想外に多くの反発者が出たことに驚き、プライドを無様に踏み躙られたと思ったらしい。瑞希は、総会の混乱を招いた責任は、全面的に静香にあるとして、詩選流夕照会からの破門処分まで引き続き宣告した。

千田静香人気に対して、禾本瑞希は長年にわたり強い劣等感や嫉妬心を抱いてきたのであろう、だから家元という絶対的な権限を手にした今、この破門処分により積年の恨みを晴らしたつもりであろうが、その陰湿な仕打ちの愚かさに落胆した多くの心ある会員が、県南支部代議員に続いて、会場を後にしたのだ。司会者は必死に止めようとしたが、気が付いてみると、出席していた二百人の中、ほぼ半数の席が空になっていた。

県南支部の幹部は、ただちにこの顛末を支部の三百余りの会員全員に通知すると共に、翌日のうちに、師範代以上の職格者のほぼ全員である百三名の退会届を集めて、彦根の夕照会事務局に投げ入れた。

今、千田家の応接間に顔を揃えている七人は、新家元から支部解散と支部長罷免通告を受けるやいなや、総会会場から抗議の退席を行うことを扇動した者たちであるが、それだけでは気が済まないものだから、その翌日、県南支部内を駆け回って百三名の退会届を集めて回った首謀者たちである。

「静香先生、まず新しく立ち上げる新流派に名前を付けなくてはなりませんね」

七人の中、ただ一人の男性師範である矢吹正人が身を乗り出す。この七人は、明らかに彦根から分かれて別派を立てる心意気なのである。

「あなたたち、本当に詩選流を辞めてもかまわないの？　私が夕照会から除名されたということは、同時に滋賀県詩吟連盟からも除籍されることになるので、詩吟連盟が主催する行事にはあなたたちも一切参加できなくなるわよ。ですから新しい流派を立ち上げても、日本詩吟連盟の傘下のどの団体が主催するコンクールにも、また、大会にも参加できなくなるの。それに今まで使ってきた詩選流の譜面もＣＤも使えなくなるし、節調も変えなくてはならないわ」

七人の顔ぶれは、矢吹正人、景山悦子、三宅多美子、清水育代、水野佐知、遠山響子、武田信代の面々であった。十九歳で膳所詩吟教室に入会して、三十代で師範免許を得たという一番若い清水育代が、目に涙をためて抗議するように言い募った。

「はい、わかっています。そのことは私たちも覚悟しているのです。先生、私たちはたとえどんな吟界行事に参加できなくなっても平気です。たしかに私たちは詩吟が好きでお稽古をしてまいりましたが、今までだって先代の禾本李甫先生の詩吟というより、静香先生の華麗な吟詠に魅せられて今日まで来たわけですから、これからも先生のお声が聞けるのであれば、ただそれだけで十分なのです」

隣で今年還暦を迎えた景山悦子が育代の肩を抱き寄せる。嬉しくも思うが、この七人を含む百三名の後を追うように、連続的に彦根の夕照会事務局に退会届を出した県南支部の一般会員も多いと聞く。いずれにせよ、剣舞会員十五名、扇舞会員三十余名を含む県南支部所属の全会員が、今年の年度会費の納入期限である三月末が過ぎているのに、誰一人として会費を納入していないのであるから、夕照会県南支部は消滅したも同然の状態である。

「静香先生、聞いておられますか」

遠山響子が身を乗り出す。彼女は南彦根駅の近くに住んでいるのに、わざわざ大津市の静香の教室に二十年以上も通っている。静香が中学校の教師になって初めて持った教え子の一人でもある。

「静香先生や栄子先生が総会会場から退出された後に、県南支部代議員二十五名の他にも七十人余りが続けて退出したそうですよ。出席代議員定数二百人のうち半数近くが席を立てば、もう総会なんか成立するわけがないでしょう」

矢吹正人が続ける。

「ですから今年の三月末までに夕照会の年会費を納めて登録をした人数は、昨年度末の会員数として登録されていた千人余りから、約半数近くの五百人くらいにまで落ち込んだとの情報があります」

「いい気味だわ」

響子がペロッと舌を出す。

「遠山さん、そんなことを言うものではありません」

静香は響子が中学生であった頃をふと思い出す。職員室にいる静香に何やかやと友達に対する不平不満などを聞いてもらうためにしばしば来ていたからである。彼女は父子家庭に育った寂しさを、静香と接することで心を慰めていたのであろう。

それはともかく、実際のところ、滋賀県夕照会は会員の激減と幹部の退会が続いていて、大揺れしているとの噂は、静香も母親の栄子からも聞いていた。静香の除名処分に抗議して実母である栄子が退会したのはやむを得ないが、初代禾本李甫を裏方として長年支えてきた事務局長の寺西旭甫をはじめ、高齢を理由に前師範会長の早山賢

甫、前理事長の深山峻甫も退会したそうである

新たに禾本李甫を襲名した二代目の瑞希に、技能的にも人間的にも、会員を惹き付ける魅力が備わっていない以上、流派が衰退していくのはやむを得ないこととは思える。しかし二世家元は、会員減数の理由は静香たちの裏切りと陰口が原因であると、詩選流の全国的な集まりがあるごとに触れ回っているらしい。宗家にも同じようなことを訴えに、わざわざ京都の総本部に行ったらしいが、

「禾本先生、まあ、自分の吟詩舞を磨きなさい」

と、宗家は笑って退けたらしい。

しかし、たとえ今回の騒動の原因が第二代家元に就いた瑞希自身にあったとしても、退会してからまだ日も浅いのに、詩選流に反旗を翻すかのように静香が新流派を立ち上げるとなれば、夕照会のみならず、長年にわたりお世話になってきた京都の総本部や倉道宗家に対しても顔向けできないことになる。四半世紀に及ぶ詩選流での静香の吟歴は、それが余りにも華々しいものであっただけに、除名処分の余波は流派内に留まらず、広く吟界に及ぶことになったからである。

静香は先月三月十三日に、五十一歳の誕生日を迎えた。考えてみれば、二十七歳で結婚して以来、二十四年もの間、医院の手伝いをするでもなく、詩吟三昧の自分を黙って温かく見守ってくれた千田小児科クリニックの院長である夫には、全く感謝の他

ないが、この上に新たな流派を立ち上げるとなれば、さらなる迷惑をかけることになるだろうし、実に心苦しい気持ちがする。

前年度まで滋賀県南支部を構成していた三百二十五名のうち、静香の除名処分の翌日には退会届を夕照会に投げ込んだ百三名の職格者はさておき、退会届を提出したかどうかには関係なく、残りの二百名ほどの会員に対して、

「これからは、千田前支部長とは違う別の講師が定期的に皆様の教室に出張しますから、お稽古を再開しませんか」

と、彦根の事務局の者が一人一人に呼び掛けているらしい。名前と電話番号は県南支部の旧会員名簿から拾ったに違いない。しかし、今のところ、誰かがその誘いに応じたという話は聞こえない。そういう噂を耳にすると、自分と瑞希の関係が拗れたために、旧県南支部会員の全てに大変な迷惑をかけていると痛感して、静香の心が晴れなかった。

「皆さんのお気持ちは有難いけど、正直、私は新たな流儀を立ち上げるほどの能力は持ち合せていません。詩吟は好きだから歌い続けたい気持ちはありますが、私が除名処分を受けた以上、詩選流の譜面は使えないわけですから、吟唱することもままならないということを、どうぞご理解ください」

「先生、たしかに今まで詩選流の譜面を使わせていただきましたが、こんなことを中

し上げると……、ごめんなさい、翔甫先生、いえ、静香先生の詩吟は李甫先生の吟とは全く違ったものに私たちには聴こえていました。だから先生の独特の節調に合わせて、新しい譜面を作って下されば、それでよいではありませんか。私たちもお手伝いしますから」

そんな鋭い指摘をしたのは、夕照会の全県コンクールの師範の部で優勝経験もある三宅多美子である。静香自身は夕照会初代家元禾本李甫とは、京都の詩選流宗家が作譜した同じ譜面を見ているわけだから、異なる節調で意図的に吟じてきた気持ちはない。しかしながら、幼い時より薩摩琵琶を母の栄子より習い、大学でも教育学部で音楽を専攻して伝統的な和楽と現代西洋音楽との整合性を自分なりに求めてきたことが、聴く人には異なった響きに聴こえたのかもしれない。吟者としては抜きんでた美声の持ち主ではあったが、彦根市で内科医を本業としていた先代家元は、音楽的知識や技術の面では、所詮素人の域を出なかったので、どうしても専門的に学んだ者からすると、学問としての音楽的領域からは多少ズレが生じていた可能性も否めない。

最年長の景山悦子が静かに口を開く。

「私たちは、もう二十年以上も先生に教えていただいてきましたから、歳も歳だし、ここらで詩吟を辞めることになっても、正直、何の未練もありません。でも私たちは静香先生の除名とか、破門とかの理不尽な二世家元の処分が許せないのです。私たちが総会の席で支部長解任に抗議して一斉に退席したからといって、総会の混乱を先生が先導したかのような勝手な理屈をつけて即座に破門まで宣告するなど、平生から吟道を通じて人の道を説いている吟詠家のなすことではないわ。二代目は、正直なところ、詩吟は下手なくせに、嫉妬心だけは人一倍強いでしょう。静香先生にいつでも人気を奪われてきたので、先代の生きていらっしゃる間は我慢しておられたようだけど、自分が襲名した途端、とうとう爆発させたのでしょうね」

清水育代が続ける。

「家元という象徴的な地位は、夕照会の会員の中で最も吟力に優れ、お人柄も会員の誰からも慕われている静香先生のような方が踏襲すべきなのよ。家元の娘というだけの理由で継承しても、伝統のある流派が続くわけがないと思いますわ」

七人がそれに同意して一斉に拍手する。

「それは皆さん言いすぎでしょう」

と静香が宥める。

「詩選流滋賀県夕照会があったればこそ、私たちは詩吟を楽しませていただいてきたのですから」

しかし、いずれにせよ困ったことになった。夕照会を退会して静香と行動を共にすると約した百三名の署名簿が机上に広げられている。赤穂浪士の討ち入り血判状のようなものである。それに目を落としながら、静香は心底から困惑していた。この場に同席している七人が集めてきた署名簿の表紙には、「静香流期成会名簿」と筆文字で黒々と大書きされている。彼らは勝手に静香流という仮の名前まで命名しているのであった。

この県南支部の新たな動きを聞き及んだ京都の詩選流宗家からも、過日来、再三にわたり、静香のもとに電話が直接かかってきた。現宗家の倉道洛風は三代目であり、宗家を継承してまだ七年にしかならないが、静香とは年齢的にも同世代の五十五歳ということもあって、感覚的にも静香の考えに近いものがある。彼は大学の国文科で学んだ後、大学院に進み、修士課程まで収めている。

「千田先生、今般の夕照会のゴタゴタの内部事情は、私たちもおおよそのところは聞き及んでいます。したがって彦根の夕照会が先生を除名処分としても、詩選流総本部に対して先生が何ら違反されたわけではないのですから、詩選流宗家として、先生を除籍処分とする気持ちは全くありません。この騒動は私たちも重く受け止めて、何らかの解決策を施すつもりですから、あとしばらくご猶予ください」

倉道洛風三世のお考えは、いずれ総本部が中に入って丸く収めるから、それまでどうか短気を起こさないで待って欲しいということなのであろう。ということは、倉道洛風宗家が暗に示唆しているのは、彦根の夕照会二世家元には静香の除名処分を取り消させる、次に静香と旧滋賀県南支部の三百二十五名は、京都の総本部の直轄支部として引き取り、従来と変わらぬ吟詩舞活動をさせるということではないか。

しかし、これもこれまで所属していた夕照会の二代目家元が自らの誤りを正して、詩選流総本部、及び滋賀県詩吟連盟へ提出している静香に関する除名処分の通告を取り消さない限り、どうすることもできないのである。何故なら、古より伝統芸能といわれるものは、師弟関係をベースとしてできあがっていて、師匠が破門した弟子を、他の地区や、他流派が拾い上げることは禁止項目なのである。これを自由に許せば、師匠を見限って飛び出し、新流派を立ち上げる者があちらこちらに現れるに違いない。大企業から飛び出して独立し、今までに得た知識と技術をもって新会社を設立するのと同じで、そうでなくともバブルが弾けて以後、全国的に詩吟の愛好者が激減しつつある現状においては、伝統芸能を主宰する会主や家元は立ち行かなくなってしまうからである。

一月に行われた夕照会総会での出来事を伝聞して以来、詩選流宗家倉道洛風も悩んでいた。二代目禾本李甫を二度にわたって京都に呼び出し、詩選流と滋賀県吟界の今後のために妥協するように説得したが、彼女は頑なに拒んで受け入れなかった。若い時から家元補佐の肩書をもらいながら、席は上席でも、人気はいつも千田静香の風下に立たされてきた瑞希は、いつも会員から蔑まれてきた気がしていて、どうしても許す気にはなれなかったのである。

他界した先代家元にしても、他流派の記念行事に本業が忙しくて家元代行として出席させてきたのは常に静香であり、家元補佐である実の娘に頼んだことはなかった。瑞希はずっとそれが気に入らなかった。吟の出来不出来はともかく、曲がりなりにも自分は家元補佐であり、家元の次席に位置する者であると自認していたからである。

そうでなくとも総会以来のわずかの間に、彦根傘下の夕照会の会員数はほぼ半数にまで急減している上に、県南支部が静香を頭に総本部の直轄支部として活動を再開することにでもなれば、雪崩を打つように、そちらへ移籍者が増えることは目に見えている。瑞希としては、父親から継承した夕照会を、そのような惨めな境遇に追いやることは許せないと思っている。滋賀県吟詩舞連盟に詩選流として公式登録している正会員は、夕照会のみであり、二代目禾本李甫が了承しない限り、静香一派は、県の連盟にも、日本詩吟連盟傘下のいかなる組織にも参画することはできないのが吟界の習わしである。

宗家と京都総本部は様々な代案を示しながら、夕照会二代目禾本李甫の懐柔に努めたが、彼女はあくまでもメンツにこだわり、宗家が静香とそのグループの復籍を認めるのであれば、家元の権限で夕照会は解散させるとまで突っぱねて、まったく取りつく島もなかった。

その一方で宗家は静香に対し、彼女を京都の総本部が預かり、しかるべき肩書を付与して好きな詩吟を継続できるように取り計らうから、旧県南支部から退会した三百二十五名について、何とか元の夕照会に復籍するように説得してもらえれば有難い、とも言ってきた。流派としては、一人の会員も減らしたくないのが本音であろうが、残留するか否かを決めるのは会員自身であり、彼らが彦根の家元二世に嫌気がさしている以上、静香が今さら説得できる問題ではなかった。京都の本部事務局にいるある人間は、暗に静香が新流派を立ち上げても、夕照会が引き下がらない限り、滋賀県詩吟連盟はもちろんのこと、日本詩吟連盟や吟界の公的団体が主催するいかなる諸行事にも参加は許されないことになるから、別派行動は得策ではないと説教じみたことも言ってきていた。

千田家の応接室での集まりに話を戻そう。静香と七人の出席者は、しばし黙して冷めたカップの紅茶を啜っていた。

「皆様のお気持ちはよくわかりましたから、しばらくの間、考えさせて下さい」

「先生、挫けてはだめですよ。私たちは今さら、詩吟連盟が主催する公式のコンクールに是非とも出場したいなんて考えているわけではないのですから。ただ、どうしても、このまま泣き寝入りはしたくないのです。私たち三百人の県南支部の会員は全員、静香先生に育てられました。静香先生の詩吟が大好きだからこそ、集まっている者たちないのです。あえて申し上げるなら、夕照会にも詩選流宗家にも義理は感じていないと断言できます。ちょっと言いすぎですが、宗家は全国から毎年徴収する上納金で十分潤ってこられたはずだし、禾本家は昇段免許の乱発で長年稼いでおられますから、私たちは、ここで踏ん張って、どのような形の『静香流』であれ、団結して立ち上げなくてはなりません。伝統芸能という名前のもとに、宗家や家元だけが美味しい汁を吸う仕組みは間違っています」

七人は言いたいだけのことを言い残して、玄関から出てゆく。静香は七人を見送った後、しばらくの間、上がり框にぼんやりと座り込んだままで、時の過ぎるのを忘れていた。

日本の全国的な詩吟団体は、昭和十四（一九三九）年に「日本詩吟総連盟」が結成されたのが始まりである。第二次世界大戦で中断した後、昭和三十年（一九五五）代になって復活し、日本の経済復興に伴って全国各地にその勢力を拡大していった。全国の諸流派が加盟する吟剣詩舞の団体は数少なくないが、それらの諸組織の指導者は、かつては吟剣詩舞界で名を馳せ、名流と称される人たちばかりであり、互いが親密な交流を重ねる固い絆で結ばれているから、どこかの他の流派が除名した者を呼び入れて、火中の栗を拾うような真似はまずやらない。連盟とか連合会が生まれて先行流派の権利を守る保守的な意識が強くなり、次第に勝手な分派は許さないとの締め付けを強くしてきたこの約半世紀である。

したがって静香が新流派を創立しても、日本詩吟連盟傘下の団体が主催する行事に会員を派遣することは基本的に許されない。となると、彼らが「静香流」と持ち上げて新しい会を作ったとしても、ただ同好の士が集まって趣味の会として運営するということに留まることになるであろう。しかも今まで依拠していた譜面は、宗家に著作権がある以上、今後は使うことは許されない。長年鍛錬を積み重ねて家元から有難く授与されてきた伝位とか、職格者としてのお免状も、ただの紙切れに帰してしまう。

それでもなお立ち上がろうと意欲を燃やす彼らは、師匠の人柄や、その流麗な吟詠に惚れていることもあるが、静香の人気を妬み、役職罷免とか、支部の解散、さらには破門まで言い渡して徹底的に排除しようとした二代目家元の陰険な仕打ちは何としても許すことができず、静香のファンクラブともいえる会員たちが、ここは一致団結して新会派を立ち上げることで、静香一門の心意気を見せなければどうしても収まらないのである。

静香は玄関横の窓ガラス越しに、大きく枝を広げている吉野桜の花びらが、風にはらはらと散るさまを、一人茫然と眺めていた。

第四節　母・栄子と夕照会

昨年の十一月、静香に夕照会の異変をいち早く報せてくれた母の花谷栄子は、喜寿を迎える齢になったが、彦根市池洲町で八十二歳になる夫の哲生と穏やかに暮らしている。栄子は夕照会の副会長を長年勤めてきたが、静香が二代目家元禾本李甫に除名処分を受けると、その翌日、何の文句を言うでもなく、退会届を禾本会館にいた家元に持参した。夕照会家元という流派のトップに座る者であるのだから、このような場合には、礼儀としても、四十八年もの長きにわたり、流派の発展に寄与してくれた最高幹部に対して、慰留するか、あるいは少なくとも常識として、

「長年の間、夕照会に尽くしていただき有難うございました。誠にご苦労様でした」

くらいのねぎらいの言葉はかけるべきである。しかし、瑞希は椅子に座ったままで、遥かに年長者である前副会長を睨むように見上げると、黙ったまま、テーブルの上にポンと辞表を投げ置いたのである。

（ああ、この方は、流派の興隆に尽くしてきた古参役員に対する一片の感謝の言葉すら持ち合わせていないのだわ……）

栄子は黙って一礼すると踵を返した。

家元応接室から出てみると、そこには同じく辞表を手にして入室の順番を待っていたのであろう、前師範会長の早山賢甫と前理事長の深山峻甫の二人が壁にもたれるように立っていた。もう一人の最高幹部であった前事務局長の寺西旭甫は、前日の総会直後に二代目家元に退会届を投げつけて辞めたそうであるから、この日の辞表提出は三人だけであった。

「栄甫先生、長い間、お世話になりました」

早山賢甫は、このような家元後継者しか育てられなかった筆頭副会長としての自分を責めるかのような顔をして深々と頭を下げ、もう一人の深山峻甫も眼を瞬かせながら栄子を見送った。

花谷栄子が入門したのは昭和三十六（一九六一）年のことであり、倉道宗家と、琵琶を嗜む栄子との出会いは、全く偶然的なものであった。まだ彼女も二十九歳で若かったが、昭和三十九（一九六四）年に夕照会家元に就任する禾本李甫は、その頃はまだ京都府立病院で見習い医師として勤務していた頃である。

詩選流詩吟教室を京都で開設した初代宗家倉道洛風が、滋賀大学の長谷部事務長に招請されて、学生たちに詩吟を教えるために前年の昭和三十五（一九六〇）年以来、三カ月ごとくらいの周期で、彦根を訪れていた。倉道が来た時は、大学の講堂で、研修兼発表会が行われるのが常であったが、その時は、一般市民も学生たちに交じって洛風の詩吟を聴講することが許可されていた。

栄子は街角の電柱に学生たちが貼っていたポスターを見て、興味を覚えたので、旧彦根高商時代から建っている古めかしい大学の講堂に立ち寄った。幼い頃から祖母に薩摩琵琶を教えられてきた栄子であるから、声の響きを聞き分ける力は十分に備わっていた。琵琶の弾き語りの曲目としては「平家物語」は代表的なものであるが、その他にも「本能寺」「敦盛」など、後年、詩吟の吟題に取り込まれた曲目も多く含まれている。

最初に十人ばかりの学生が一人ずつ独吟をやり、次に設立から一年しか経たないという彦根支部の一般会員十数名が絶句を合吟をする。音は外れているし、まあお世辞にも上手とは言えなかった。しかし次に、杜牧作「山行」を吟じた早山という同年代の男性の吟は、まだ粗削りながら素晴らしい吟声で入門間もない会員とはとても思えなかった。

最後に初代宗家である倉道洛風が無伴奏で模範吟を披露した。歴史のある講堂に並んでいる最後列の木製の長椅子に座って、洛風の詩吟を聴いた栄子は、今でも忘れられないほど感動したのである。

その時の詩題は、水野豊洲作の「月夜荒城の曲を聞く」であった。

榮枯盛衰は　一場の夢
相思恩讐　悉く塵煙となる
星移り物換わるは　刹那の事
歳月悤悤　逝きて還らず
史編讀み續く　興亡の跡
弔涙幾回か　几前に灑ぐ
　—挿入歌—　「荒城の月」（一番）
「春高楼の花の宴めぐる盃かげさして
　千代の松が枝わけいでし昔の光いまいずこ」
今夜荒城　月夜の曲
哀愁切切として　當年を憶う

倉道洛風の独吟の中間部分に、土井晩翠作詞、滝廉太郎作曲の名曲「荒城の月」が、学生と支部会員たちによる混声二部合唱が挿入され、その歌に続いて、宗家が「哀愁切切として當年を憶う」と朗々と歌い上げた時には、どういうわけか、栄子は涙を禁じ得ないほど感動していた。

（これこそ本物の詩吟に違いない！）

いつも声を荒らげて音程の外れた詩吟ばかり聴いてきた栄子は、今までにない深い感銘を覚えた。講堂の出口の受付台に入会希望申込書が重ねられていたので、栄子はその一枚を持ち帰り、宗家の吟声が耳の中から消え去らないうちに、郵送したのであった。

禾本孝雄医師がそれから三年後に彦根に帰省し、倉道宗家に許されて詩選流滋賀県地区本部夕照会を創設すると、早山賢甫たちと共に栄子も夕照会に移籍した。一つの府県内に置かれる詩選流の拠点は一カ所と定まっていたから、支部と地区本部が両立することは基本的にないからである。栄子はその時以来、四十八年間にわたって詩選流夕照会との関わりを持ち続けてきたのであった。

このたびの事件で、娘である静香の吟の技量が優れ、会員たちの人気が自分を上回っているのは怪しからんという瑞希の個人的嫉妬心により除名されたのでは、母親である栄子も夕照会に留まり続けられるわけがなかったのだ。

だがこれを機に、四十八年という長きにわたり在会してきた詩選流から離れることができたので、久しぶりに心置きなく好きな琵琶を日々楽しむことができるようになった。そのため、心情的にはむしろ清々しており、却って心穏やかに老境の身を厭うことができるようになった気がする。最近では、また、古典の「平家物語」をはじめ、数々の曲目の弾き語りのお稽古に没頭することが増えた。

先に夕照会を除名された静香が、その技量と人望を慕われて、多くの会員から新たな流派を立ち上げて欲しいと懇請されていることは聞き及んでいる。静香はまだ五十一歳であるし、隠居するには早すぎるであろう。しかし、新たに家元を継承した二代目の禾本李甫がいかに不人気とはいえ、京都の宗家がこれをいったんは承認している以上、滋賀県で詩選流を名乗れるのは夕照会のみであり、別派を立てることは吟界では許されることではない。

しかし、静香も千田小児科クリニックの院長夫人として、別に食べるに事欠くことはない身分であるから、母親である栄子がやきもきすることは何もないだろうと割り切り、静観することにした。夕照会を退会しても、栄子には琵琶楽愛好会滋賀県支部の理事という別の肩書が残っており、長年手薄になってきた琵琶のお稽古に集中することで、充実した日々を取り戻すことになった。栄子は薩摩琵琶の演奏の名手と言われた祖母の影響で、若い時から琵琶に親しんできた。そもそも詩吟界に足を踏み込んだのも、琵琶曲の弾き語りの中に「川中島」「本能寺」などの詩吟が含まれており、節回しの上でも似通ったところが多々あって親近感を覚えたからである。いや、むしろ歴史の浅い詩吟の方が、琵琶歌を取り込んで朗吟されるようになったという方が理にかなっているかもしれない。

琵琶楽については、日本琵琶楽協会の公式サイトに以下のように紹介されている。
「わが国の琵琶は、奈良朝の頃に中国から伝わったといわれていますが、それは正倉院の御物にも見られるように、純器楽のためのものでした。管弦舞楽の雅楽専用なので、楽琵琶ともいわれています。一方、インドを起点とし、仏教と共に伝来したものに、経文・経典を声楽にした声明と、地神経を唱え、土荒神の法を修めた盲僧琵琶があり、鎌倉時代以降、この盲僧琵琶が語り物琵琶に長足の発展と進歩の源となりました。その語り物の最たるものが、ご存じ民族の一大叙事詩『平家琵琶』です。器楽としての琵琶とは別に、語り物（声楽）の伴奏楽器としての琵琶が多く生まれました。現在では純器楽の楽琵琶のほか、語り物の盲僧琵琶、平家琵琶（平曲ともいう）、薩摩琵琶、筑前琵琶、薩摩錦心流、錦琵琶、最近の鶴田流等、琵琶楽も多様化してきています。（以下省略）」（日本琵琶楽協会名誉会長　山岡知博）

琵琶の演奏というのは、琵琶という楽器の演奏と物語に抑揚をつけて朗読する「語り」、その中に含まれる琵琶歌を歌うという一人三役をこなさなければならない。平曲は平家物語だけを演奏するのであるが、栄子が習得した錦心流琵琶楽では、「川中島」「本能寺」「城山」「白虎隊」など歴史上の著名な物語が弾き語りの演題として取り込まれている。

祖母の影響で幼い時から薩摩琵琶の演奏と弾き語りに長じていた栄子は、初代禾本李甫の吟詠発表を視聴してその節調が琵琶歌に極めて近いことに驚き、また親近感を覚えたので抵抗なく夕照会に入門した。ところがお稽古事というのは、熱心にやればやるほど、会の運営に合力することに引き込まれてゆかざるを得ないのが普通で、気が付いてみると、栄子は禾本会長を補佐する三人の副会長の一人にまで引き上げられて重用されるようになっていた。

特に家元が栄子に求めたのは、伴奏と詩吟とを調和させる技術的な指導である。太平洋戦争までは、どちらかというと剣舞が主演者で、舞手の動作が意味する漢詩文の内容を吟者が添え吟として朗吟する助演的な役割であったが、次第に詩吟だけを独立させて発表するようになる。初めのうちは、発表会といえばただ蛮声を張り上げて大声で歌うだけであったが、次第に音楽的な要素を強め、尺八や琴を伴奏楽器として使うようになった。人の声は高い人もあり、低い人もあるので、尺八や琴の伴奏は、吟者の声の高さを聞いて、とっさにその音程に合わせて伴奏を組み立てられる利便性があったからである。

ところが時が移り、平成時代に入る頃からは、電子音楽の発達のお陰で、電子楽器によるオーケストラ風の伴奏曲の利用が可能となった。あらかじめ電子オルガンによるオーケストラ風の伴奏をＣＤに録音しておくと、それを舞台の袖に用意した再生機にかけるだけで吟者の伴奏が可能となった。その人の声の高さに合わせた伴奏音楽を選んでおけば、わざわざ高い伴奏料を払って尺八奏者や琴の弾き手を頼まなくてもよくなったから、便利に利用されるように変わってきた。

しかし、これはこれで問題もある。尺八やお琴の伴奏は、吟者がゆっくり歌おうが早く歌おうが、どうにでも調整することができたのだが、CDによる機械的な伴奏はそうはいかない。現代の吟界では、逆に録音されているCD伴奏音楽に吟の方を合わせなければならなくなった。絶句は二分以内、律詩は四分以内と大方定めて録音されているから、演歌のカラオケ伴奏と同じように、伴奏音楽を聴き分けてそれに合わせて吟詠を行わなければならなくなった。全く本末転倒の現象である。

これらの伴奏CDの種類は、和歌の朗詠用と詩吟用に分かれているのはもちろんのこと、絶句用とか律詩用とか、あるいは強吟とか、弱吟とか様々に吟目の内容に合わせて収録されている。そうなると、漢詩の内容を理解して、どんな伴奏曲が適しているかを選択することは素人には中々容易ではない。

ところが栄子は、長年にわたって琵琶の弾き語りを修練してきたから、音感にも優れており、吟題により、いかなる伴奏曲が適しているかの選別には苦労しなかった。そこで夕照会では、栄子は音響担当副会長として、伴奏CDの選択をはじめ、コンクールにおける節調審査責任者として、長年の間、家元を補佐してきたのであった。

第五節　百三人の署名簿

静香があれやこれやと心を惑わせているうちに、はや山々は眩いほどの新緑の季節に変わっている。七人の世話人たちが、新流派の立ち上げを膳所の自宅に勧めに来たのは、まだ桜が満開に咲き誇っていた時節であったから、あっという間に一カ月が通り過ぎていったことになる。

静香がベランダの籐椅子に腰掛けて、庭木に集う小鳥の群れをぼんやりと眺めていた大型連休最後の日の昼下がりのことであった。

「こんにちは」

庭隅の裏木戸を勝手に開けて、飛び石沿いに三宅多美子や清水育代たちの自称「新流派設立発起人会」のメンバー七人が揃って訪ねて来た。

「先生、新しい流派の名前を考えました」

「えっ、もうそこまで進んでいるの？」

「そうですよ、再出発するとなれば早い方がよいではありませんか」

「それで何という名前を考えたの？」

「近江偲静流です」

「命名の由来は何ですか？」

話してもいいかな、というように七人を見回した三宅多美子が、ハンドバッグを開けると、二つに折った用紙を取り出して静香の前に広げて見せた。Ａ４サイズの紙に、筆文字で「近江偲静流」と黒々と書かれている。

「説明させていただきます。『偲』には思い慕うという意味があります。『静』は先生のお名前です。つまり、『この地、近江に静香先生を慕う人たちが集う会』という意味です。この名前で皆の意見がまとまりました」

七人が縁先で静香を取り囲み、一斉に見つめている。静香は顔を上げて七人の一人一人の顔を見回しているうちに、涙が溢れて顔貌がぼやけて見えてきた。

（……ああ、こんなにも自分を慕ってくれる人たちに囲まれている……）

溢れる涙で目の前が霞んで見えているが、七人の誰もが泣いているようにも感じられる。新緑の植木の間を飛び回る小鳥の鳴き声だけが聞こえてくる……。

「有難とう。私のような未熟な者を、そんなにも大事に思ってくれるあなたたちに報いることができるかどうかわからないけど、やれるところまで進むことにするわ」

静香が言うと、七人が同時に静香の眼前に右腕を伸ばして手先を重ねる。静香に盟約の誓を示して一番上に掌を乗せろ、という意味であろう。静香がおずおずと右手を重ねると、その上にさらに七人が左手を重ねた。

「近江偲静流、頑張ろう！」

「頑張ろう！　頑張ろう！　頑張ろう！」

七人が静香を見つめて何度も叫ぶ。

静香はただ頷きながら涙を流すのみであった。

その時、居間の奥から静香の母親である花谷栄甫、いや今は夕照会を退会しているから本名の花谷栄子と呼ぶべきであるが、お盆に湯飲み茶わんを乗せて出てきた。

「まあ、皆さん、いらっしゃい。賑やかなことね。縁側から上がって、こちらでお茶でも召し上がりくださいな」

そう言いながら、栄子は居間の大きな座敷机の上に、人数分の和菓子と日本茶の入った湯飲み茶碗を並べた。

「では遠慮なく上がらせていただきます」

七人がぞろぞろと縁側から上がって和机を囲む。いつの間にか周囲には八枚の座布団が用意されていた。栄子らしい手早さである。静香も縁側から離れて皆に合流する。

「伺っていたら、新しい流派を立ち上げるのですってね」

「はい、そうです、栄甫先生、あっ、いけない、栄子先生」

清水育代が慌てて口を押える。

「聞いたわよ、『近江偲静流』と名付けるのですって？」

「はい、よい名前でしょう？」

「そうね、静香がその名前に相応しいかどうかが問題だけど、まあ、皆さんで頑張れば何とかなるでしょう」

栄子はそう言いおいて奥に戻っていった。栄子は昨夜から、静香の父親で八十二歳になる夫の哲生と共に、大津の静香の家に泊まりに来ていた。除名処分に伴って滋賀県南支部の支部長兼講師も罷免されたため、謹慎状態になっている娘のことを案じて、ちょくちょく彦根から嫁ぎ先に泊まりに来てくれているのである。

千田家の自宅の最寄りの駅は、ＪＲと京阪の膳所駅である。膳所駅を通過する東海道線は、昭和六十三（一九八八）年以来、琵琶湖線という愛称で呼ばれている。ＪＲ線と京阪線が同じ駅舎で繋がっているが、彦根から来る場合は当然ＪＲ線を利用することになる。膳所駅からは義仲寺に向かう「ときめき坂」を三百メートルほど下れば千田家に到達するから、後期高齢者の足でも、それほど難儀を感じることなく無理なく通える距離である。

がやがやと好き放題に喋った挙句、七人の発起人たちは、自分たちで考えて決めた「近江偲静流」という会名を黒墨で書きつけた紙を和机の上に残して帰っていった。

静香は一月以来、一致して旧県南支部の会員を取りまとめることに奔走してきた七人の一人一人の顔を改めて脳裏に思い浮かべてみた。

ただ一人の男性師範である矢吹正人、還暦を迎えたばかりの景山悦子、夕照会の全国コンクールの師範の部で優勝経験のある三宅多美子、まだ三十代で比較的若い方に属する清水育代、静香の大学時代の学友で今でも中学校で現役教師として勤めている水野佐知、エレクトーン奏者で市内各所の結婚式などに招かれて演奏している遠山響子、メンバーの中では最高齢で間もなく古希（七十歳）を迎える武田信代の七人である。いうなれば彼らは、静香のファンクラブの中心的なメンバーであった。

静香は、以前彼らが訪ねて来てくれた時に残していった、百三人が名前を連ねた夕照会退会の署名簿を改めて広げて眺めてみた。これは、どこまでも静香と行動を共にすると血盟した、いわば連判状のようなものである。また、署名簿に名前こそ連ねていないが、百三名以外の旧県南支部に所属していた二百余名の一般会員も、誰一人として三月末の納入期限までに夕照会の年会費を払い込んでいないそうであるから、「近江偲静流」が立ち上がれば、再び仲間となる者も少なくはないであろう。静香の責任は誠に大きい。

「近江偲静流」と黒々と大書された半紙を壁にピンで止めて、終日眺めている静香であったが、まだ一人悩んでいた。彼らの希望に沿うとの返事はしたものの、まるで今後の方策が立たないのだ。両親は自分で熟慮して決めなさいと言うだろうし、医者で

ある夫の千田俊郎は、

「やるのであれば、資本金は出資するよ」

などと、冗談半分に励ましてくれるに違いない。

「会社を設立するのではないから、資本金はいりません」

と笑い返す以外仕方ないのだが、彼は静香が夕照会を除名された時、

「よかったじゃない。これで静香は、後半生を穏やかに過ごすことができるのだから」

と、慰めてくれた。俊郎は小児科の医者らしく、静香にも子供たちに対しても常に前向きで、優しくおおらかな男である。結婚以来、声を荒らげたことは一度もなかった。静香は本当に良いご縁に恵まれたと心から感謝し、自分はつくづく幸せな女だと心から思っている。

さて七人の発起人と百三名の盟約者の熱意に背中を押される格好で、彼らの気持ちを汲む方向で検討するとは言ったものの、仮にも新流派を立ち上げるとなれば、越えなければならない障害がいくつもある。静香は手近にある白紙のコピー用紙を引き寄せてメモしてみた。

一、新派立ち上げに対する宗家の反応

京都の宗家は夕照会と決別して新流派を立ち上げることを、「仕方ないね」と

言ってくれるであろうか。

一つの県内に複数の詩選流の組織の存在は認められないという既定の規則にもかかわらず、宗家はあえて旧県南支部を総本部直轄地区として彦根から分離して生かすことを試みたようであるが、それとて意固地になっている夕照会家元が承認しなければ実行不可能である。結果的に宗家の説得に二代目家元禾本李甫は最後まで説得に応ずることなく、頑として分離を許さなかったから、今日に至るまで実現は見られないままである。

二、宗家への挨拶

あれやこれや迷惑をかけた京都の詩選流宗家と総本部には、新たな団体を設立するとしても、その前に正式にきちんとご挨拶に伺ってお詫びしなければ、次へは進めない。

それに夕照会には絶対戻らないと言い張っている県南支部の剣扇舞会員四十五名も、総本部の直轄会員ということになれば、引き続き稽古に励んでくれることと思うが、今のところ、それも棚晒しになっている。いずれにせよ、自分では剣扇舞は教えられないのであるから、この剣扇会員の引き受けだけでも宗家にお願いする以外に致し方ない。

三、新譜面の制作

彼らが提案した「近江偲静流」を仮に立ち上げるとしても、そこで教材として提供する譜面は、詩選流の譜面とは異なったものである必要がある。詩吟というものは、例えば絶句にせよ、律詩にせよ、吟じる場合の起句や結句の上がり下がりは似たようなものなのであるが、節調というか、詩句を読み下した後もメロディ（節回し）の変化や、単語のアクセントやイントネーションの扱いなど、細かなところで特徴を持たせなければ新流派とは言えないだろう。自分では気づかなかったが、彼らは自分の詩吟の節調が夕照会家元のそれとは異なって聴こえると指摘していたが、それであれば、改めて自分の詩吟を分析してみる必要があるだろう。

四、教本の返却

これまで詩選流から与えられていた教本は、会員から回収して全て返却しなければならない。著作権の適用がある他流の吟譜を使い続けることはできない。伴奏音楽のCDの方は、日本詩吟連盟とタイアップした専門業者が制作して、流派に関係なく使用させているものだから、返さなくてもよいと思う。

五、夕照会会員の資格免状は無効となる

故禾本李甫家元から授与されてきた伝位や職階は、退会と同時に無意味な紙切れとなる。今後、自分の傘下に移籍する会員には、過去の実績に準じて、「近江偲静流」としての伝位や職階を認定すればよい。

六、お稽古場の確保
従来通り、職格者は膳所公民館大会議場を使用。他の職格者はそれぞれ自分の教室を有しているから、看板だけ詩選流から「近江偲静流」に書き換えれば済むことだ。

七、新組織の役員構成
旧県南支部にも高師の免許を得た者はいなかったから、「近江偲静流」の設立に尽力した七人の師範を幹部に任命して、その中で理事長や師範会長、事務局長などの役割を分担してもらうことにする。

走り書きで書き留めたメモ内容はこんなものである。細かい運営会則は七人に素案を作ってもらって、それを新流派の創立総会で全員の了承を得ればよいであろう。大切なことは、独断専行することなく、「近江偲静流」はあくまで参加会員のための趣味の会であるということを、どこまでも徹底しなければならない。

ここまで考えると、自分でも次第に何か新たな勇気が湧いてきたような気がする。
新流派といっても、滋賀県詩吟連盟に新たに加盟するわけでもなく、他流派も相手にしてくれない同好会に等しい集まりであるのだから、この設立により吟界に大きな波風を立てるようなことではないだろう。とりあえず自分と百三名の創立会員が、過去に使っていた詩選流の教本を集めて、挨拶方々京都の総本部に返却に行くことにしよう。

だが、よくよく考えてみると、この教本は誰もが段級を上がるたびに一巻から順番に与えられており、静香の場合は十冊持っている。つまり初伝、中伝、上伝、奥伝、皆伝、総伝、師範代、準師範、師範、上師範と十伝位で昇段毎に一冊ずつ宗家から配布されたから、合計十冊である。

教本に収められている内容は、漢詩とその解説、それに詩意を解釈して宗家が作譜した譜面が掲載されている。Ｂ５判の半分に当たるＢ６判の教本一冊には、平均すると二十五詩が編纂されているから、上師範の人は、一巻から十巻まで約二百五十詩もの曲目を習得してマスターしなければ、審査会でその資格は認定されないことになっている。

余談になるが、師範代以上の職格者審査は、年に一度、彦根の禾本会館に受験者を集めて審査されることになっている。それに対して、初伝から総伝までの一般伝位の審査は、支部ごとに二人以上の師範以上の職格者が立ち会って審査する。審査詩題はあらかじめ指定されていて、初伝の受験者は一巻の中の一題、奥伝の人は四巻の中から一題というように指定されたものを吟じることになっている。

一方、職格者審査会の正式名は免許審議委員会という名前が付けられていて、師範会長が委員長を務め、他の高師の先生方が毎年交代で七人ずつ審査にあたる。この審議会の方は、結構、意地悪いところがあって、中々難しい。例えば師範代受験であれば、一巻から七巻まで、上師範受験であれば、教本の一巻から十巻までに収録されている二百五十曲もの中のどの詩題が抜き出されるか事前には知らされず、その場で癖のある難しそうな一節を吟じさせる。受験者ごとに二カ所ずつ詠わせるのであるが、どこが当たるかわからないから、全曲に精通していなければ合格しない。何故このように難しくしているかと言えば、職格者になると弟子に教えるわけだから、適当なことを教えられると困るわけだ。だから受験という試練を経ることによって、詩選流の吟法を末端まで徹底させるように仕組まれているのだ。

指示された詩句を即座に応じて吟じられなければ、不合格である。教本を見てもかまわないのではあるが、こつこつと繰り返し練習を積んでおかなければ、譜面を見るだけではとても詠えるものではない。

ここに連署した百三名の人たちは、全員が師範代から師範の資格を有する職格会員であるから、教本の数は、多分、七百冊は超えることになるだろう。とても重くて静香一人が、手に提げて京都まで持って返却に行ける量ではない。これは前もって宗家に率直に相談する必要がある。

連休明けの月曜日の朝、静香は京都の総本部事務所に電話をかけた。月曜日は、吟界では比較的行事の少ない日だからと思ってかけたのであるが、事務局の職員が電話口に出て、

「宗家は、昼食時にはご自宅に戻られるはずですから、そちらにお電話をお願いします」

と、教えてくれた。

静香が改めて十二時過ぎにご自宅に電話すると、先刻電話したことがすでに宗家に伝わっていたらしく、宗家自身が受話器を取ってくれた。

「元滋賀県南支部の千田静香でございます。昨年末の夕照会家元葬儀以来、色々とご迷惑をおかけいたしておりまして、大変、申し訳ございません」

「やあ、千田先生、お元気ですか。あれから色々やってはみたものの、敵の陣営は中々頑強でね。いまだに打ち負かすことができません。力及ばずという始末で誠に申し訳ない次第です」

「いいえ、宗家には言葉には尽くせないほどご尽力いただき、お礼の申し上げようもございません」

「詩選流にとって、あなたはかけがえのないスターですからね、何としても引き止め

たかったのですが、難しそうです。先生もあなたを慕うお弟子さんと、意固地になっている彦根との間に立って、さぞ辛かったでしょう」

「わたくしの不始末により、このような大騒ぎを起こしてしまって、宗家にはお詫びの申し上げようもございません」

「まあ、そのうち、陽が昇る朝も来るでしょうから、お互いにそれを待つことにしましょう。ところでいよいよ旗揚げされるそうですね」

「えッ、先生、何でご存じなのですか」

「蛇の道は蛇。滋賀県連の他流派の連中には、これは面白いニュースとみえて、会合で会うたびに言わないでもよいことまで耳に入れてくれるから、何となく伝わってくるのですよ」

「そうですか。本当に恥ずかしいことです」

「まあ、よいではないですか。詩吟連盟には入れなくても、独立系のレコード会社等もコンクールを積極的に開催していますから。お弟子さんには、そちらの方で活躍していただく道も開けてくるのではないですか。それに今までの例では、十年を一区切りとして、独立した流派の連盟への新規加盟を、大方は許してきた経緯もありますからね。先生はお若いから、それまで頑張ってください」

「そんな……」

思いがけなく温かい励ましの言葉を宗家にかけてもらって、静香は受話器を握ったままぽろぽろと涙が流れて止まらなかった。

「それで、新しい流派の名前は決まりましたか?」

「はい、お世話をして下さっている皆様が『近江偲静流』はどうかと考えてくれました」

「ほう、『近江偲静流』ね、良い名前ではありませんか」

「有難うございます。新流派といっても、仲間内の同好会のようなものですから、ささやかに仲良く詩吟を楽しんでまいるつもりです」

「そうそう、それが一番です」

「ところで倉道先生、私を含め、会員たちが長年使わせていただいた教本ですが、このような仕儀に立ち至ったのでお返しするつもりなのですが、今現在でわかっている人たちだけでも、七~八百冊ほどにはなります。いかがいたしましょうか?」

「さあてね。たしかに退会に際しては、教本は返却する規定にはなっていますが、しかしね、こちらとしても、正直、会員さんの手垢のついた教本をお返しいただいても、実のところ使い道がないものでね。いずれ千田先生も詩選流に遠慮して、新たな流派用の譜面を作られるのでしょうが、古い教材は皆さんのお手元に置いていていただき、後々のご参考にしていただいてもかまわないですよ」

「えっ、そんなことをさせていただいてよろしいのですか」

「まあ、考えてもみて下さい。七～八百冊もの古本を送られてきても、当方も処理の仕様がありませんからね。私からは本部の連中に千田先生側で焼却処分していただいたとでも言っておきますよ」

「先生、ご無理の申し上げついでに、旧県南支部に四十五名ほどの剣扇会員がいたのですが、その会員だけでも総本部道場に転籍させていただけないでしょうか」

「ああ、その件なら大丈夫です。お引き受けしましょう」

「有難うございます。何から何までお心配りしていただき、ご恩は一生忘れません」

「なに、それほどのことではありませんよ」

「一度、ご挨拶に京都に上がらせていただこうと考えているのですが、ご都合はいかがでしょうか？」

「いやいや、お気遣いは無用です。本部においでになっても、村の雀がうるさく鳴くでしょうから、わざわざおいでになる必要はありません。それよりも、近々、私の方が近江八幡市の滋賀県詩吟連盟事務局に顔を出す用件もあります。その時にはどこかでお会いしてお茶でも飲みましょう」

「承知いたしました。今日のところはお言葉に甘えてそのようにさせていただきます。本当にお世話になりました」

　宗家からの思いがけぬ心の籠った言葉の数々をもらって、電話が切られた後も胸の奥からジンジンと熱く込み上げてくるものがあった。静香は、しばらくはその場から立ち上がることもできないでいた。

第六章　近江偲静流吟詠会

第一節　汀渚（ていしょ）の鳳凰

静香の弟子の中で、師範にまで昇段している者は七人いたが、彼らが今般の新流派立ち上げ運動の中心会員だった。夕照会二代目家元となった瑞希が静香に私怨による除名処分を宣告した時、その無礼な仕打ちに憤り、一夜のうちに百三名もの退会届を集めて、彦根の夕照会事務局に投げつけるように提出した彼らは、入会当時から詩選流の会員だというより、静香が主催する教室の会員であることを何よりの誇りとしてきたメンバーであった。ただ静香の詩吟を聴くために、二十年以上もの長い間、膳所教室に通ってきてくれたのである。そういう意味では、詩吟教室というより、むしろ熱烈なファンクラブのリーダーたちという方が適当かもしれない。したがって、静香のいない教室で詩吟を続けることなど、彼らには全く無意味なのである。

静香に除名処分が下されたのが一月末に開催された年次会員総会であったから、すでに三カ月が過ぎている。京都の宗家の倉道洛風も、彦根の二代目禾本李甫を最後まで説得することができなかった責任もあり、静香の熱狂的な弟子で構成する新会派の立ち上げを黙認することにしてくれたようだ。

旧県南支部の剣扇舞の会員たちも、総本部直轄の剣扇舞道場の会員として引き取ってくれることになり、自分が教えられない彼らを退会の道ずれにしないで済んだことは、ほっと胸を撫でおろしたことの一つであった。宗家の励ましの言葉を聞いてようやく、静香は覚悟を固めた。

しかし、新たな流派を立ち上げるといったところで、公的な詩吟連盟に加入できるわけではないから、同好会同然の集まりにすぎない。それでも彼らはかまわないと言ってくれるのであるから、膳所本部道場を改めて再開して、師弟の絆を断ち切ることなく続けることにする。

七人の発起人が提案してくれた近江偲静流の下に吟詠会と付け加えてはどうであろうか。つまり「近江偲静流吟詠会」を正式の会派名とするのだ。発起人名簿に名前を連ねてくれた百三名を創立会員として登録し、運営の中心となる幹部会メンバーは、今まで骨を折ってくれた発起人の七人で構成してもらうことにしたい。

夕照会初代家元からもらった雅号は、翔甫であったが、退会と共にこの名前は無効になったので新しい雅号が必要である。これから詩吟を続ける際は本名でもかまわないが、一般的に芸道の世界では、生活の場で使う名前と、芸能活動で使う名前は区別して雅号を使用している。というのは芸能の世界では、会員間の人間関係に職業の貴賤などは持ち込まないのが礼儀であり、また俗世の収入格差などにも関係なく、芸道の巧劣と師匠から授けられた階級に従って、上位者を敬う慣習になっているからだ。その意味で同好の場においては、互いを雅号と職階で呼び合う習慣があり、それが芸道に励む者の心を満たしてくれて生き甲斐となっている。

さて、では、と静香は考える。たかだか同好会に毛の生えたような近江偲静流なのだから、大仰な名前を付けては笑われるだろう。何日も悩んだが、中々これという良い名が思い浮かばない。困って母親の栄子に電話をかけた。

「お母さん、新たに自分に付ける雅号で困っているのだけど、何かありませんか」

「さあね、日本中の流派の家元先生はそれぞれ立派な雅号をお持ちだけど、どんなにして付けたのでしょうね。私には思いつかないわ」

「いっそのこと、本名でいこうかしら」

「それはダメでしょう。あなたが雅号を付けたら、その雅号を上下に分けて、一字は一般の会員さんに、もう一字は職格位に上がった会員さんの雅号に組み入れるのが普通だから、本名ではまずいでしょう」

「そう言われればそうネ」

「お家元の雅号というものは、自分だけのためではなく、会員全員が共有して誇りにするものなのよ。簡単に考えないでね」

「そんなことを言われると、余計に自信がなくなるわ」

静香は何かを考える場合、自宅のある「ときめき坂」を下り、湖岸通りを横切って渚通りに出て、湖岸をぶらぶらと一人で散歩することが多い。このなぎさ公園は、湖岸に約五キロにわたって整備され、秋には見事に紅葉する様々な樹木と緑の芝生が市民に憩いの場所を提供してくれている。公園は平成十（一九九八）年に開館した西日本では初の本格的なオペラ劇場であるびわ湖ホール辺りから、瀬田川河口に架かる近江大橋西詰の膳所城跡公園まで続いている。湖水にはたくさんの種類の鴨をはじめ、様々な水鳥が、一日中、遊泳していて飽きることを知らない。

いつもの通りなぎさ公園をぶらつきながら、静香は雅号を改めて考案することにした。連休も過ぎて湖岸沿いの公園も静けさを取り戻していたが、数えられないほどの数の水鳥が今日も泳いだり、水中に潜ったり、あるいは湖面近くを飛んだりして楽しませてくれる。琵琶湖の北湖には大きな白鳥も冬場に飛来することがあるが、南湖ではまず見られない。

その時、静香の頭をそっと過っていくものがあった。日本では白い大きな鳥の代表的なものは鶴と白鳥であるが、中国では鳳凰という背の高さが六尺もある神話に由来する巨大な鳥の伝説が語り継がれているという。この名前を一字組み入れてみたらどうだろうか。実在する鳥の名前ではないので、何だか夢がありそうな気がする。そうすると他の一字は何とするか。静香は急に元気が出てきたような気がして公園ベンチに腰を下ろす。

　琵琶湖の湖面に小さく白波が立ち、砂浜が続く渚に打ち寄せている。ふと波打ち際のことを国文学では汀渚（ていしょ）とも言うと習ったことを思い出した。

「そうだ、汀渚の「汀」と、鳳凰の「鳳」を続けて、「汀鳳」という雅号はどうであろうか。琵琶湖上を空中高く雄飛する伝説の鳳（おおとり）を空想させる雅号で、夢があるではないか。

「千田汀鳳、千田汀鳳、千田汀鳳……」

　口の中で何回もつぶやいてみる。とても吟者らしい好ましい名前ではないか。そうだ、これにしよう。

　静香は急いで自宅に戻ると、母の栄子に電話する。幼い時から何か嬉しいことがあると母親に伝えて反応を伺う癖は、五十歳を過ぎた今も抜けていない。

「お母さん、雅号ができたわ」

「ええっ、何という名前なの」

「汀鳳。汀は渚のことだけど、琵琶湖を意味しているのよ。それから琵琶湖の上を高く飛ぶ白鳥から空想の鳥、鳳凰をイメージしたの。どうかしら？」

「千田汀鳳、千田汀鳳……とても素敵よ。新しい流派の名前が『近江偲静流』なのだから、よく似合っているわ」

「お母さん、有難とう。では、これでいくわね」，

それから家元という呼び名は、同好会的な詩吟の会の代表者としては余りにも仰々しいので、「会主」という名称を用いることにした。ついでに今まで詩吟のお稽古をする場所を「教場」とか、「道場」などと堅苦しく称していたが、これも会員が詩吟を通じて和気藹藹に趣味として楽しめばよいということで、詩吟教室に統一したい。

近江偲静流吟詠会の発足に必要な呼称の類を一通り決めたところで、世話人の七人にも新雅号を付けてやりたい。彼らは県南支部時代に師範として活躍してくれた人たちである。それぞれがグループ教場講師を務めていたから、資格としてはそれを横滑りさせればよいが、今回の功績があるのだから一クラス上の上師範とすべきであろう。

雅号は変更しなければならない。自分の好きな名前を付けたいかもしれないが、師匠からもらった名前は、親に名前を付けてもらうのと同じで重々しいものである。創立会員の百三名は全員が師範代以上の職格者である。いずれ彼らの弟子である一般会員も加わってくるだろうが、発会式までにとりあえず創立全員の新雅号と新段位の許状作成を会主の仕事の手始めとしなければならない。あれこれと自分の頭の中に描いた雅号を思いつくままに書き出してみる。総伝以下の一般会員の雅号は、「汀」を頭に付ける。例えば、汀山、汀川、汀星、汀賢とかである。

師範代以上の先生クラスの職格者には、「鳳」の名前を下部に組み込むが、まず発

起人として静香を叱咤激励してここまで押し上げてくれた功労者から取り掛かることにしよう。矢吹政人、景山悦子、三宅多美子、清水育代、水野佐知、遠山響子、武田信代の七人の顔を思い浮かべながら、彼らの雅号と共に創立役員としての役職名も併せて考えてみた。

役職	**本名**	**雅号**	**教室名・資格**	**職格者数**
会主	千田静香	汀鳳（ていほう）	膳所師範会教室・講師	七名
理事長	矢吹政人	政鳳（せいほう）	守山詩吟教室・講師	二十名
理事	景山悦子	景鳳（けいほう）	草津詩吟教室・講師	六名
理事	三宅多美子	美鳳（びほう）	八日市詩吟教室・講師	十一名
理事	清水育代	清鳳（せいほう）	大津京詩吟教室・講師	八名
理事	水野佐知	水鳳（すいほう）	近江八幡詩吟教室・講師	十六名
理事	遠山響子	響鳳（きょうほう）	南彦根詩吟教室・講師	二十三名
理事	武田信代	信鳳（しんほう）	堅田詩吟教室・講師	十二名

職格者計百三名
●近江偲静流吟詠会＝本部＝大津市膳所駅前馬場　千田方
●膳所師範会詩吟教室＝大津市本丸町　膳所公民館
膳所師範会詩吟教室・稽古日
毎月第一土曜日・午後一時～三時

さて、新たに教材として使用する吟譜面であるが、夕照会では京都の宗家が支給した漢詩の横に節調記号を付したものを使用しており、吟界では伝統的な形であった。あれは「ゆり」の形はわかるが、音程が数字で示されているから慣れないと使いにくい。そこで静香はせっかく、大学で音楽を学問的に習ったのであるから、洋楽の五線譜を取り入れてみたらどうかと考えた。

吟詠時の声の高さは、男女により、また、人により様々であるが、発声する時の音階は、ハ調で言えば、最低の音が低音の「ミ」であり、歌の始まりと終わりが中音の「ミ」、一番高い音が高音の「ミ」と、二オクターブの間を行き来するのが詩吟界の共通の決め事である。しかも基本は短音階であるから、原則として使うのは「ミ、ファ、ラ、シ、ド」の五音であり、レ音とソの音は使わない。まあ、この音階は五線譜に音符を配置すれば、音の長さと共に表示できる。強弱も、フォルテシモとか、ピアニシモなどの「強弱記号」も併用できるであろう。一番難しいのは「ゆり」表現である。詩吟においては、言葉が音階を追うだけでは、優雅さを欠く表現となるから、メロディーに味付けをするのである。歌謡曲で言えば「サビ」に似ているが、母音を伸ばして発声する時、「下ゆり」や、「上ゆり」を入れて音に味付けするのである。

静香が洋楽の音符記号を書き込んだ譜面を試作したものを七人衆に見せると、必ずしも賛成ではなかった。

「先生、これでは音取りは間違いなくできますが、音節の始まりの子音が話し言葉のように発音されてメロディーになりません。母音や、生み字の母音（子音を伸ばして生まれる母音のこと）の肉付けというか、修飾音（あや）の表現方法が掴みにくいと思います。やはりゆり形や母音の引き伸ばしなどが見てわかる音線を五線譜の上に描いて表現してはいかがですか」

そう言われてみると、母の栄子のように複雑な琵琶の譜面を見慣れた人は、難なく琵琶曲を弾きこなすだろうが、果たして初めて詩吟に接する人が童謡唱歌のように譜面を見て、吟詠できるだろうか。静香はもう一度考え直すことにした。改めて琵琶の楽譜や民謡の譜面などに目を通してみると、五線譜に歌詞のひらがなを音符代わりに書き込んだものや、●や△などの記号と音線を併用しているものなどがあった。比較してみると、漢詩の横に記号で吟形符合を付して歌わせていた夕照会の譜面より、五線譜の方が音程や節調がわかりやすい。

ベースとして近江偲静流の譜面は、五線譜の形を採用する方針には変わりない。五線譜の第一線を「地」第二線「下」、第三線「中」、第四線「上」、最上線を「天」と名付けて、この中音（ミ音）を基準として上下に一オクターブずつ上がり下がりして二オクターブの音域の中で吟唱するのである。

音楽の音取りは長音階が一般的であるが、詩吟の音階は基本的に短音階である。つまり八本調子の人の詩吟は、「中」の歌い始めの音が八調の「ミ」であり、上方向にミ、ファ、ラ、シ、ド、ミとオクターブ上がり、また下方向にミ、ド、シ、ラ、ファ、ミとレ音とソ音抜きでオクターブ下がる。

吟界では起句は、五線譜の「中」音で歌い始めて、結句も「中」音で歌い終わるので、この基本の音となる「中」の音階を「宮音」と名付けている。

静香は五線譜に次のような工夫を加えた。メロディーの音符の代わりに、音階をなぞって音線を描く。次に音線に沿って歌詞をひらがなで書き込み、加えて発音がたどたどしくならないように、五線譜の下部の枠外に漢詩の書き下し文を音線上のひらがなの位置に合わせながら書き加えた。

これで詩吟を歌う場合の音取りはできるわけであるが、詩吟には民謡で言うところの「コブシ」のような節回し（ゆり）を示唆するために音線に工夫しなければならない。「音線」は音符位置を辿るが、強く歌って欲しい個所は太い音線、弱い個所は細い音線、「ゆり」を入れて欲しい個所は線を揺らせて示すことにする。つまり、上ゆりや下ゆりをして欲しい場合は、音線を上下に僅かに揺らすことで示す。これであれば、ピアノ、コンダクター、電子オルガンなどの楽器を使って伴奏を振りつける場合でも、それほど難しくはないはずである。いずれにしても、譜面だけでは表現できない母音や子音の扱い、アクセントなど吟詠上のテクニックもあり、それは現場で師匠から直接指導してもらうしかない。

これでだいたいの新流派の骨格は定まった。次の日から静香はほぼ毎日、今は子供も弾かなくなって打ちすてられている古いピアノに向かって、新譜面の作成に専心した。近江偲静流の詩吟教本第一巻をまず作らなければならないが、これは入門して初めて手にする教本であることを考えると、詠いやすく、高齢者にも好まれるものを中国詩の中から著名な絶句を選び出し、人気のある二十題を掲載することにした。李白・杜甫、杜牧、王翰などの唐詩が中心である。京都の倉道宗家が詩選流の教本を参考にすることを許可してくれたので、慣れ親しんだ節調に自分らしい振り付けをして、近江偲静流の特徴ある譜面を作ることに苦心した。

「新しい流派を立ち上げるのも大変そうネ」

母親の栄子が静香の手元を覗き込んで言う。もう十日余りもピアノに向かって一日中作譜している娘のことを心配して、七十七歳と喜寿の仲間入りをした母が、彦根からわざわざ出てきて励ましてくれているのである。

その日、栄子は使い古した琵琶を持参していた。すでに静香が作譜済みの新譜を見ながら、栄子は調弦するとすぐに音取りをして歌い始める。さすがに薩摩琵琶演奏の名手と言われたことだけはある。琵琶の語りにもサビの部分は多く含まれているから、静香が工夫した音線も容易に読み取って歌い始めた。

しばらくの間、静香はピアノの手を休めて、母親の練れた声での詩吟と琵琶演奏に聴き惚れる。母が手にしたのは、王翰作「涼州の詞」である。西域地方に出向く出征兵士は戦場にでれば命の保証がないので、砂漠に酔い臥しても笑わないでくれと心境を歌ったものである。

葡萄美酒夜光杯　（葡萄の美酒　夜光の杯）
欲飲琵琶馬上催　（飲まんと欲して琵琶　馬上に催す）
酔臥沙場君莫笑　（酔うて沙場に臥す　君笑う莫れ）
古来征戦幾人回　（古来征戦　幾人か回る）

※「夜光杯」とは大理石で作った杯のこと。

何とも情緒に溢れ、静香は思わず聴き惚れる。静香が望んだサビの部分もしっかりと表現してくれている。薩摩琵琶の弦をはじく音が、遠くの山々の新緑にまで溶け込んでゆくような気がする。これこそ真の名人の弾き語りというものであろう。

栄子が歌い終わった時、静香の目には涙が溢れていた。不躾に言い渡された一月末の総会における除名処分騒ぎから三カ月、母親や家族、七人の幹部たち、それに京都の宗家まで、自分に寄せてくれた情愛の深さに想いを馳せ、ここまで辿り着くことができたことに改めて感謝の熱い思いが溢れてきたのであった。

第二節　発足記念会

静香が新流派の会主として再出発する日がやってきた。平成二十一（二〇〇九）年六月七日の日曜日、近江偲静流の発足と記念食事会が、なぎさ公園に面して建つ珍しい半円形の高層ホテル、琵琶湖大津プリンスホテルの宴会場「比叡の間」で開催された。近畿地方の梅雨入りは六月三日と発表されていたが、この日は珍しく梅雨の晴れ間で晴天に恵まれた。何となく幸先が良いと母と娘は喜んだ。

その日から千田汀鳳と名前を変える静香と、母親の栄子が揃って開会の定刻の三時間も前である午前十時に会場に着いたが、すでに新幹部の七人が朝から集まって忙しく準備にかかっていた。

ホテルの玄関横には、「近江偲静流吟詠会・発足記念会場」と大書された看板がすでに立てかけられている。

「皆さん、お早うございます。朝からご苦労様です。お世話になります」

「あっ、静香先生だ！」

「違うだろう、会主の汀鳳先生だろう！」

口々に叫びながら七人が駆け寄ってくる。

「先生、今日はおめでとうございます」

七人が、着物に盛装した静香と栄子を取り巻いて一斉に挨拶する。

「皆さんの励ましで、新しくこの会を立ち上げる勇気が出ました。どうかこれからも力を合わせて、仲良くやってゆきましょうね」

「矢吹先生、あれをやろうよ」

皆を見回しながら、景山悦子が声をかける。

「やろう！　やろう！」

静香と栄子を真ん中にして、七人が輪を作ると、悦子が右掌を下に向けて腕を伸ばす。矢吹がその上に手を重ねる。残りの五人が次々と上に上にと手を重ねると、催促するように栄子と静香の顔を見る。栄子が着物の袖からおずおずと右手を伸ばして七人目の武田信代の手の上に重ねると、静香も遠慮がちに、最後に右掌を重ねる。矢吹が師匠に軽く会釈すると大声で叫ぶ。

「近江偲静流吟詠会、頑張ろう！」

「頑張ろう！」

「頑張ろう！」

一斉に唱和する。九人は誰彼問わず、手を取り合いながら頑張ろうねと声を掛け合う。

「皆さん、有難う、有難う。では準備にかかりましょう」

静香が声をかけると、一斉に七人が会場に散っていく。玄関を入ったところには、長い机が二台並べられていて、その上に前日、矢吹に手渡したＡ４サイズのプリントの山が三つ並べられている。

最初のプリントには近江偲静流の新組織と役員名簿が、二つ目の用紙には、近江偲静流の創流時の七つの詩吟教室と住所、その講師名、さらに各教室に所属する会員名簿で、最後の行に合計人数百三名と記されている。三つ目の山のＡ４用紙には、表に「早に白帝城を発す」（李白作・絶句）の漢詩と書き下し文、それに漢詩解釈が時代背景を含め丁寧に説明された文章が掲載されている。その裏面に五線譜で表わされた新譜面には、彼らも驚くであろう。

この日の発足記念会は正午に開始されて一時間ほどで閉会となり、続けてこの同じ「比叡の間」で、記念食事会に移行することになっている。会場内に入ると、八人掛けの丸形テーブルがすでに十三卓、白布で覆われて整然と並べられている。「比叡の間」は総会が終わり次第この白布を取り除き、宴会の用意を行う段取りとなっている。「比叡の間」のこの形での宴会定員数は百二十名だから、この八人掛け丸形テーブルが十五卓並ぶところであるが、会場最後部に意図的に空きスペースを作り、そこに二十脚ほどの折り畳み椅子が並べられている。多分、新流派立ち上げの盟約書に署名した百三名の外にも、この日を心待ちにしていた以前の県南支部の会員が何人か来るかもしれないとの配慮から、矢吹たちが手配したのであろう。

午前十一過ぎのことであった。宴会担当のホテルのスタッフが、

「千田様、いらっしゃいますか」

「はい、私ですが」

「お祝いのスタンド花が届きましたが、どこに飾られますか？　会場の入口、あるいはロビーの中などはいかがでしょうか？」

素晴らしく大きくて豪勢なスタンド花が運び込まれてきた。木札には、

《祝・近江偲静流吟詠会・発足記念大会

贈・一般社団法人詩選流吟剣詩舞会・宗家　倉道洛風》

となっているではないか。

「えっ、宗家から！」

感動の余り、目頭が熱くなる。彦根の夕照会・二代目禾本李風を説得できず、宗家としての力が及ばなかったことを何度も静香に詫びていた洛風であったが、この日の内輪のささやかな祝宴を覚えていてくれて、このような心の籠ったお祝いのスタンド花を贈ってくれたことで、一月以来、消えることのなかった胸の奥のモヤモヤが一度

に晴れた気がする。

七人の創立会員もこの花の周りに集まってきて、感動の余り涙している。

「それからもう一つ、新しい流旗が届いていますが」

「えっ、近江偲静流の流旗が？　誰も頼んでないわね」

「いえ、送り主の書付には〈詩選流総本部滋賀南剣扇舞会員一同〉と記されていますが」

箱の蓋を開けると、内部には折り畳まれたスチール製の旗立台スタンドと共に真新しい流旗がビニール袋に包まれて入っていた。

「ちょっと出してみて」

静香の言葉に矢吹政鳳が取り出して広げて見せた。旗地色がコバルトブルー、縁取りは分厚い金糸のフリンジである。中心部には空想の鳥である純白の鳳凰が大きく羽を広げたシンボルマークが描かれており、旗竿の根元側には、「近江偲静流吟詠会」と本日発足される会名が真紅の刺繍字で逞しく縫い込まれていて、何とも見事な流旗ではないか。コバルトブルーの布地色は琵琶湖を表し、鳳凰は会主の雅号である「汀鳳」の名前の由来を示唆しているに違いない。包装紙には製造元・京都美術工芸所のプリントがなされているから、間違いなく高価な西陣織である。

箱の中を改めると、封書に入れられた手紙があった。矢吹政鳳が取り出して会主に差し出す。七人が覗き込む中、静香が内容を朗読する。

「千田汀鳳会主先生と創立会員の皆様、近江偲静流吟詠会の新たな門出を心よりお祝い申し上げます。この流旗は、以前、滋賀県南支部でお世話になりました剣舞と扇舞会員全員が相談してささやかにお祝いしようと制作したものです。デザインも私たちで勝手に決めてしまいましたが、不肖の弟子たちと思ってお許しください。私たちは、汀鳳先生と門下生の皆様の近江偲静流が流旗に描かれた鳳凰のように天高く舞い上がり、活躍されることを心よりお祈りしています」

手紙の二枚目には、剣舞会員と扇舞会員、移籍した四十五名全員の名前が連記されていた。静香は涙が一度に溢れてきて何も見えなくなった。

「凄い贈り物！」

「宗家といい、剣扇舞会員の皆といい、こんな心を込めた贈り物をしてくれるなんて、思いもよらなかったわ。私たちも頑張らなくちゃあ」

「凄いね、あれから三カ月、移籍した剣扇舞の皆さん、一人も辞めていないのね」

皆、口々に興奮して叫ぶ。

「千田先生、この二つをどこにお飾りになりますか」

集団の外に逃れていたホテルのスタッフが問い掛ける。

「……そうだわね、せっかくだから舞台に飾っていただきましょうか」

「承知いたしました」

担当者は助手と二人がかりで、上手の舞台端にスタンド花と新しい流旗を丁寧にセットしてくれた。この二つを見てこれから入室してくる九十六名の創立会員たちは、何と思うであろうか。彼らは静香の再起に期待して、新会派設立請願書に連署したが、本当に実現するのかしないのか、この三カ月の間、不安な日々を過ごしてきたに違いない。

正午ちょうどに近江偲静流吟詠会の発足記念式が始まる。司会は、静香の大学時代の学友で現在でも現役で中学の教師をしている水野佐知（水鳳）である。

「会場にお越しの皆様、こんにちは。本日は近江偲静流吟詠会の発会式にお忙しい中、ようこそお出でくださいました。有難うございます。それではまず開会のご挨拶を新理事長に就任されます矢吹政鳳先生にお願いいいたします」

黒紋付に袴姿の矢吹が舞台下手から現れる。

「改めまして百三名の創立会員の皆様、こんにちは。本年の一月に詩選流夕照会から袂を分かって以来、皆様とお会いするのは五カ月ぶりですが、ただ一人の落後者もなく、千田静香先生、改め汀鳳先生を会主とするこの近江偲静流吟詠会の発会式に駆け付けて下さり、心より御礼申し上げます。

このめでたいお席で彦根の悪口を申す気持ちはありませんが、旧滋賀県南支部の会員が心を一つにして今日の良き日を迎えることができたのは、何よりも千田会主の恩徳のお陰であります。

これからは会主を慕う私たち百三名が一丸となって、近江偲静流を盛り上げてゆくことを約束しようではありませんか。どうか皆様、何卒よろしくお願い申し上げます」

矢吹は挨拶の中で、一月の彦根での詩選流夕照会の総会で静香が会則違反を問われて罷免されたことを契機に滋賀県南支部会員三百二十五名全員が退会したこと、その中の百三名が静香に新しい流派を立ち上げてくれるように連署して請願し、ようやく今日の発会式を迎えることができたことなど、この五カ月間の経過を手短に説明した。挨拶は短いものであったが、この日を迎えることができた喜びと感動で、降壇した時は目が赤く涙で潤んでいた。

「では早速、千田会主にご挨拶をいただき、併せてこれから私たちがお稽古してゆくことになる新しい譜面の見方のご紹介と、範吟を賜りたいと存じます。千田会主、よろしくお願いいたします」

六月初めの梅雨の晴れ間は気温が上がり三十度近くになっていたので、この日、静香は薄いピンクの単衣の江戸小紋を着ていた。舞台に上がると、会場の全員が立ち上がって拍手を送る。会場後方を見ると、三十の一般席もほぼ埋まっていた。

「有難うございます。どうぞお座りください。

先ほど、矢吹理事長から経過説明がございました通り、私のような未熟な者が皆様の熱意に背中を押されまして会主という大それたお名前をいただき、皆様と一緒に再び詩吟をやらせていただくことになりました。近江偲静流という新流派の名前は、矢吹先生をはじめとする七人の発起人の皆様に命名していただきました。

新しい流派と申しましても、夕照会を脱会した私たちですから、皆様には大変申し訳ないことですが、日本詩吟連盟の一員となることはできません。したがって公認の流派として活動することができないので、当分の間は、同好会のような集まりになってしまいます。そのような状況であっても、皆様は私たちの仲間に加わって下さるのでしょうか……」

そこで静香が言葉を切ると、会場のあちこちから、

「先生、それで十分です」

「私たちは先生と一緒に詩吟を歌っていけることで十分満足しています」

といった声が飛ぶ。

「有難うございます……」

静香は思わず袂からハンカチを取り出して涙を拭う。

「失礼いたしました。私はどんな会になろうとも、皆様と一緒に詩吟を長く歌ってまいりますので、どうかいつまでもお付き合いください」

会場から一斉に拍手が沸き起こり中々やまない。

「有難うございます。近江偲静流吟詠会のこれからの運営につきましては、幹部会の皆様にお任せすることといたしまして、せっかくお集まりいただきましたので、こんなめでたい席ですが、少しお勉強をしてみたいと思います。と言いますのは、私たちは夕照会から離れましたから、詩選流の発行する詩譜は、これからは使えなくなります。つまり詩吟の譜面には著作権が付与されているということです。そこで私なりに試行錯誤した結果、只今、皆様のお手元にお配りしてありますが、五線譜による新たな詩譜を作成してみました。音楽の楽符と違うところは、音符の代わりに音線（音程を線で結ぶ）を使っているところです」

「先生、この五線譜の音の高さは音楽の五線譜と同じですか？」

「大切なご指摘です。たしかに音楽の楽譜と似ている印象はありますが、音の位置取りが違うのです。音楽は一般的に長音階で、〈ド、レ、ミ、ファ、ソ、ラ、シ、ド〉が基本となりますが、詩吟は短音階で〈ミ、ファ、ラ、シ、ド、ミ、ファ、ラ、シ、ド、ミ〉と、レ音と、ソ音を抜いて二オクターブの音域を使って吟じます。お配りした五線譜の左端に下から地、下、中、上、天と付記していますね。つまり『中』の位置が詩吟を吟じる場合の始まりの音の『ミ』に当たります。これは中心的な音階なので『宮音（きゅうおん）』、または『主音（しゅおん）』と申します。詩吟では、高音部に上がっては主音に戻り、低音部に下がっては主音に戻るというのが基本です。

同じく『地』がオクターブ下の『ミ』、『天』がオクターブ上の『ミ』、『下』は『シ音』で、『上』は一オクターブ高い『シ音』の位置を示しています。できることなら、詩吟で使う十の音階に合わせて全て罫線を引くとよいのですが、かえって細かくなりすぎて見づらくなりますから、五線にとどめました。

皆様は、これまでお稽古の時、音取りを確かめるために詩吟コンダクター（※日本コンダクター社の商品名。詩吟の練習などで、音程確認に使う電子邦楽器のことを指す）を使ってこられたと思いますが、そのコンダクターに丸い鍵盤ボタンが二列に並んでいると思います。下段の列のボタンに〈ミ、ファ、ラ、シ、ド、ミ、ファ、ラ、シ、ド、ミ〉と音の高さを示すカタカナが書かれているでしょう。そのボタンを押して鳴らす十段階の音が詩吟で使う音ですが、その中でミ、シ、ミ、シ、ミの五音階がこの音線の位置で示されています。

ですから、ラ、ド、ファの音は行間の音になりますから、判読していただく必要があります。

そこで皆様にお配りした詩譜では、吟唱する時音階が移動しますが、その音の移動方向を音線で描いてあります。語彙ごとに音線は引き直してありますから、その音線が切れるまでは原則的に息継ぎしないでください。

また、呼吸は腹式で行い、呼気音がマイクを通して聞こえないようであれば、その方は腹式の発声法ができているということになります。

音線に太い個所と細い個所があるのは、太い個所が強い声、細い線が弱い声ということです。音線が大きな山などから下りてくる時に、ところどころ線が揺れているのは、下ゆりや、上ゆりの節回しの形を示しています。

譜面については、今日はこのくらいにして、漢詩を一つ用意いたしましたから、お手元の新たに考案した譜面を参照していただきながら、お聴き下さい。漢詩は李白作の絶句で、皆様もよくご存じの『早に白帝城を発す』です。譜面の節回しは、以前、詩選流でやらせていただいた時とそれほど変わってはいないのですが、せっかく五線譜を採用したものですから、語彙のアクセントや、イントネーションにも少し注意を払った節調としています。

この詩は李白が五十九歳の時、反乱軍に与した疑いをかけられて流罪になったのですが、白帝城の辺りまで行った時、恩赦の知らせが伝わり、長江を下って都に引き返す時の喜びを歌ったものです。白帝城から千里、つまり五百キロも長江の川下の江陵までたった一日で帰りましたよと、その喜ぶ様子がいかにも伝わってきます。私自身はまだ公式には詩選流から許されていませんから、李白のこの時とは少し状況は違いますが……」

何故、会主がこの絶句を発会式に取り上げたかの意図を汲みとった会員が、

「先生、白帝城に流されたのは先生だけではありません。私たちも一緒です」

と声をかけてくれる。

「漢詩自体は、皆様がよく知っておられるので説明は省かせていただきます。初めに私が一度、吟じてみます。詩選流の歌い方と異なる部分に注意して、お聴き下さい」

その時、舞台下手に用意された椅子に、栄子が薩摩琵琶を抱えて静かに座った。それを見て、吟士の汀鳳会主が奏者に軽く会釈を送る。

琵琶の弦を弾く音が静かに会場に流れ始める。やがて強く盛り上がり、再び静かな伴奏に戻った時、早に白帝城発すという李白作の絶句が始まる。

朝辞白帝彩雲間　（あしたに辞す白帝　彩雲のあいだ）
千里江陵一日還　（千里の江陵　一日にしてかえる）
両岸猿声啼不住　（両岸の猿声　ないて尽きざるに）
軽舟已過万重山　（軽舟　すでに過ぐ　万重の山）

ベンベンと高く、低く、琵琶の伴奏にのせて静香の朗々たる吟声が会場いっぱいに広がる。まろやかな声ではあるが、ぴりぴりと会場の空気を震えさせるような響きが

あるから、聴衆の気持ちを次第に高揚させる。絶句は二分の詩吟にすぎないが、短い感じがしない。

吟が終わった時、会場の聴衆はスタンディングオベーションで最大の賛辞を贈る。この詩吟を聴くために、一月以来待ち続けてきたのである。静香は演台に立ち尽くしたままで、彼らの拍手を受けていたが、やがて深々と頭を下げると舞台の上手にはける。栄子も下手に退く。

「会員の皆様、どうかご着席ください」

司会の水野水鳳が落ち着いた声で会場に呼び掛ける。

「ここで閉会の言葉を武田信鳳理事にお願いします」

信代は七人の幹部の中では最高齢である。新たに信鳳という雅号をもらい、落ち着いた薄紫色の単衣の付下げをきりりと着こなして現れた。

「私は先月、古希を迎えました。思い起こせば、四半世紀前、間もなく五十歳を迎えようとしている頃のことでした。子供の手も離れ、これからの人生をどうするか迷っていた時、お友達に誘われて偶然に千田先生の詩吟を聴く機会に恵まれました。先生はその時、第一子のお子さんをお腹に宿しておられる時でしたが、先ほど聴かせていただいた詩吟と変わらぬ大きな感動を受けました。詩吟とはこんなに人を感動させる芸術なのだとすっかり惚れ込み、間もなく先生のお許しをいただいて弟子の一人に加えていただきました。

それ以来、三十年近くお稽古しても、少しも上達しませんが、私は千田先生の弟子として過ごさせていただいたことだけで満足し、心より幸せに思っています。色んなことがありましたが、本日、こうしてまた近江偲静流吟詠会という新たな名前で皆様と一緒に千田会主のご指導を受けられることになりました。本当に嬉しくてなりません。

心から千田会主と栄子先生にお礼を申し上げると共に、近江偲静流吟詠会が、これから大きく発展することをお祈りして、つたない私の閉会の言葉といたします」

素直に今日の喜びを表した武田信代の閉会の言葉に、会場から惜しみない拍手が送られる。その時、舞台下手から杖を突きながら九十歳近いと思われる老人が現れてきた。彼は矢吹政鳳の守山詩吟教室に所属する師範代の山本達夫であり、まだ現役で頑張っている。

「近江偲静流吟詠会の発会式を祝して、万歳三唱の音頭を取らせていただきます。ご一緒にご唱和願います」

会場の会員が一斉に起立する。栄子と会主の汀鳳もすでに会場の最前席に戻っていた。

「千田汀鳳会主の今後益々のご活躍と、ご健勝、ご多幸、さらに近江偲静流吟詠会のご隆昌を祈念して万歳三唱します。汀鳳先生、並びに近江偲静流吟詠会、バンザーイ！　バンザーイ！　バンザーイ！」

静香には再び熱く込み上げてくるものがあった。水野水鳳の閉会を告げる声がかき消されるほどの拍手の中、会場の人々に向かって何度も、何度も、頭を下げるのであった。

第三節　創立十周年記念発表会

時は移り、発会式から十年が経過した平成三十一（二〇一九）年のことである。平成天皇が自らご退位され、五月一日には、元号が「平成」から「令和」へと改元された。

それから一月余り後の六月九日の日曜日、近江偲静流吟詠会は創立十周年を祝う記念発表会を開催する運びとなった。その日の湖南地方は曇り空で、日中の気温は二十六度前後、六月初旬としてはまだ暑さもそれほどではない。吟界ではこのようなお祝い事の会には、女性は和装で出るのが一般的であるから、梅雨時の蒸し暑さには閉口する。

十年前、彦根に本部を置く詩選流夕照会の二代目家元に就任した禾本瑞希から、詩選流滋賀県南支部長であった千田静香が会則違反を問われて除名されると、理不尽な処分に抗議して三百二十五名の支部会員全員が一斉に退会した。吟界における大事件とも言えるこの出来事は、静香と彼女を慕う会員がいかに強い絆で結ばれていたかを実証することにもなり、日本詩吟連盟の傘下にある多くの流派の間では、今日に至るまで長く語り草になっている。

近江偲静流吟詠会が発足したのは、平成二十一（二〇〇九）年六月七日であった。会主となった千田静香改め汀鳳も、前年に還暦を迎えており、往年の美貌にも少しずつ老境の影が迫ってきてはいたが、温和で落ち着いた風貌に会主としての威厳も備わり、会員全員の変わらぬ尊崇を一身に集めている。当時、百三名の創立会員をもって立ち上げた近江偲静流吟詠会であったが、現在では三百六十七名にまで増えている。この十年間に詩選流滋賀県南支部解散時の三百二十五名を上回るまでに回復したということだ。

しかし、吟界の伝統的なしきたりにより、新創設流派の詩吟連盟加入は、原則として最短でも十年間は認められないことになっているため、近江偲静流も、発足以来、独自の活動を続けざるを得なかった。詩吟連盟とは無関係の民間のレコード会社等が主催するコンクールなどには会員の吟力の力試しのために参加させたが、それ以外は流派内の発表会が彼らの主な活躍場所となってきた。静香としては、会員に対して可哀想なことをしているとの思いは強いが、一方の会員とすれば、連盟が主催するコンクールに参加して何としても上位の賞を獲得したいと望む者はほんの一握りで、大多数の者は、千田会主の見事な吟詠を静聴するだけで満足しているのだった。

近江偲静流の創立時から在籍している会員たちは、十年前に起きた屈辱的な出来事を今でも忘れてはいない。禾本瑞希は詩選流夕照会の初代家元である父親の禾本李甫が他界した時、吟舞道会館を始め、遺産の全てを自分が引き継いだことを盾に、最高幹部会に駄々をこねて二世家元の地位を手にした。しかし、吟歴においても、知識や人望においても、遥かに劣っていると残念ながら自ら認めている瑞希は、たとえ詩選流夕照会二代目家元を名跡したとしても、静香が師範会長でいる限り、流統の主導権を彼女に握られることは間違いなく、それでは自分は単なるお飾りの家元になってしまうと危惧し、そこでいかにすれば静香を排除できるか、先代が存命中から密かに戦略を練ってきた形跡がある。

色々静香の弱点を調べて回った結果、支部会員数の百名制限条項を定めた夕照会会則五条違反を問えることを見つけ出した。生前の父親に訴えたが、支部定数制限条項はあくまで原則であり、例外規定も付記されていると、平然と静香を擁護した。

だが、初代が他界したとなると話は別である。今こそ実権を掌握するチャンスであると欣喜雀躍した瑞希は、家元として最初に迎えた会員総会において、規則違反を理由に静香の県南支部長と師範会長を解任すると発言した。これで二代目家元の威厳が上がり、夕照会の主導権を自分が握ったことを会員の全てが認めるであろうと予測していた。

ところがどっこい、豈図らんや、総会に出席していた二百人の代議員のうち、県南支部を含む半数が新家元の決定に反発して総会を途中退席してしまったのである。メンツ丸つぶれとなった瑞希は、頭に血が上り、ついに静香の破門まで宣告した。こうなると覆水盆に返らずで、滋賀県南支部三百二十五人全会員の退会に止まらず、千人余りの会員を父親から引き継いだつもりであったのに、次々と退会者が出て、三月末に新年度会員登録を行った者は、彦根市とその近郊に住む者に限られたわずか三百人にも満たず、会員大激減という体たらくになったのである。瑞希は、京都の宗家や総本部に、この千田静香の反乱ともいうべき事態を訴えたが、宗家は瑞希が自ら蒔いた種と全く取り合わなかった。

一方で、その年の六月には、静香が断りもなく、近江偲静流吟詠会という新会派を大津市に発足させ、滋賀県南支部解散時の職格者百三名をそっくり引き継いでしまい、さらに年々勢いを増しているという噂を耳にした瑞希は、もう我慢がならなかった。

「近江偲静流が県内の詩選流の会員を強引に引っ張るので、夕照会が大変な被害に遭っています。何とかしてください」

瑞希は総本部に対してはもちろんのこと、詩選流の全国各本部の大会に出掛けるたびに訴えて回っていたが、誰もがその内実を知っているので耳を傾ける者は少ない。それどころか陰に回って嘲笑される始末で、次第にそれらの地区家元連中からの各種大会への招待状も、夕照会に限っては届けられなくなってきていた。

さて、令和元年（二〇一九）六月九日、近江偲静流吟詠会は、十年前の創立大会と同じ会場である、琵琶湖大津プリンスホテルの宴会場で創立十周年記念発表会、並びに記念食事会を開催することになった。しかし、十年前は、百三名が集まっただけの発会式であったので、定員百二十名の「比叡の間」で開いたが、十年を経た今回の集まりは、出席人数がまるで違う。そこで今回は、宴会場の定員が六百人と前回より格段に広い「プリンスホール」を借り上げた。

近江偲静流は、今では会員数が四百人近くまで膨れ上がっており、加えて十年前にお祝いの流旗を贈ってくれた総本部移籍組の旧剣扇舞会員四十五名も賛助出演してくれることになっている。

近江偲静流吟詠会創立の推進力となった七人の発起人が指導していたわずか七つの教場でスタートしたのであったが、今では夕照会の地元である彦根市とその周辺部や県北地域を除き、県の中央部以南の市町村に近江偲静流吟詠会の看板を掲げる詩吟教室が七十三カ所にまで増えている。というのは十年前に静香の独立を促す盟約書に連署したのは百三名であったが、その内訳は発起人となった七名の上師範を除き、残余の九十六名の会員は、その時点でそのほとんどが、まだ師範代とか準師範とかの見習い的な職格者であった。その中で病気や高齢化でリタイアした人を除き、今では六十六名が師範や上師範免許を取得し、講師として教室を開いているのである。

たしかに中には弟子は娘だけという者もいないこともないが、一方で二十人以上の弟子を抱えている熱心な師匠も多くいる。彼らは、いまだに会主・千田汀鳳のファンクラブ的な性格を残しているので、できれば、毎月、各教室を訪れて吟を聴かせて欲しいと望んでいる。

だがいくら何でも、毎月、七十三カ所を巡るのは至難の業であるから、静香は市町村をエリアごとに四つのグループにまとめて皆に集まってもらい、毎月、最低一回は巡回して、親しく会員に顔を見せるように努力してきた。

さて六月九日の十周年記念発表会では、四百人に近い会員一人一人に独吟の機会を与えることは時間に制限があるのでできなかったが、各教室が単独で、あるいは、数教室が合同で、合吟、連吟、構成吟などを工夫して発表し、盛り上がりを見せた。さらに嬉しいことに、総本部移籍組の旧剣扇舞会員四十五名が賛助出演してくれたので、舞台は想定していた以上に華やかなものとなった。

発表会もいよいよ最後の番組となり、舞台には準備のために緞帳が下ろされた。会主の模範吟詠に備えて、演台が舞台の中央に引き出される。演台には、舞台上手に立てられている例の流旗と同じデザインが前面に施された演台掛けがかけられているが、これはこのたびの十周年を記念して、会員が浄財を集めて寄贈してくれたものである。

会主・千田汀鳳は、舞台の用意が整う間、下手側の舞台袖の椅子に控えて、静かに出番を待っていた。その時である。

「一緒に舞わせていただいてよろしいか」

声をかけられた方に顔を向けると、黒紋付に袴をきりりと締めた白髪の小柄な老人が傍に立っている。

「あっ、倉道宗家……」

絶句すると、飛び上がるようにして反射的に立ち上がる。何と京都の詩選流吟剣詩舞会三代目宗家・倉道洛風その人ではないか。静香は心臓が口から飛び出るほど驚き、思わず両手で顔を覆う。涙が一瞬にして溢れて、何も見えなくなっている。実に十年ぶりの再会である。その時、宗家の温かい両手が静香の涙にぬれた両手を包み込んだ。

「千田汀鳳先生、お話は後でゆっくりいたしましょう。間もなく出番です。吟目は河野天籟作の『祝賀の詞』でしたね。伴走者も連れてきましたから、三人で舞台を務めましょう」

「えっ!?」

と振り返ると、何とそこには、実母の栄子が大きな薩摩琵琶を抱えてニコニコしながら立っているではないか。父の死後、一人で彦根市の池洲町に住み暮らす栄子は今年八十七歳になるので、事故でもあってはいけないと、この日はわざと呼んではいなかった。

「お母さん、これどういうこと？」

「まあ、いいから、せっかく、宗家が駆け付けて下さったのだから、三人でお祝いしましょう」

そう言い残すと、琵琶を抱えてすたすたと舞台に出て行く。会主吟詠だけと思っていた舞台担当者たちは、慌てて中央の式台を舞台の下手近くに移動させて、舞士のために中央部を広く開け、舞台上手には、琵琶伴走者のための椅子を配置する。

舞台責任者が合図すると、開始ブザーが会場に鳴り響き、するすると緞帳が巻き上げられる。上手の椅子には、黒紋付姿で大きな琵琶を胸に抱えた花谷栄子が座っている。会員が栄子の姿を認めると、会場から「ワアーッ」という歓声と共に、大きな拍手が送られる。

舞台下手に設置された式台にフォーマルな黒紋付の着物姿でこの日の主役である会主・千田汀鳳が現れると、再び会場からは大きな拍手が沸き起こる。

しかし、さらに驚きの歓声に会場が包まれたのは、琵琶による前奏が静かに流れ始め、ツツッと下手から舞台中央に白髪の紳士の舞士が扇子を片手に袴姿で現れた時であった。

「あっ、京都の倉道宗家だ！」

「えっ、そんなことあるのか！」

「そうだ、間違いない」

「そうだ、そうだ、えっ、何でここに⁉」

「ご静粛に願います」

司会者が制止する。さすがに日本の伝統文化を長年学んできた者たちである。瞬時に水を打ったように静まり返ると、栄子の薩摩琵琶の弦を弾く音が、次第に高まっていく。

舞台中央に正座して挨拶した倉道宗家が再び立ち上ると、手にした金扇をぱっと広げて構える。琵琶の前奏が一瞬途切れた時、会主・千田汀鳳の吟詠が始まり、清々と響きのある吟声が会場の隅々にまでいっぱいに広がっていく。

四海波平らかにして　瑞煙(ずいえん)漲(みなぎ)り
五風十雨　桑田(そうでん)を潤す
福は東海の如く　杳(はる)かに限り無く
壽は南山に似て　長えに騫(か)けず
鶴は宿る老松　千載(せんざい)の色
龜は潛む江漢　萬尋(ばんじん)の淵
芙蓉の雪　大瀛(たいえい)の水

宗家は小柄ではあるが、ある時は、亀が這う如く静かに、またある時は、鶴が舞うが如く大きく激しく、くるくると扇を閃かせながら舞台いっぱいに舞い踊る。静香は涙が溢れて声が掠れそうになるのを必死に堪えて、吟じ続ける。

宗家の扇舞の添え吟を行うことなど、何年ぶりであろうか。

「千田先生、忙しいのに申し訳ないけど、今度東京の○○流の五十周年記念大会に招かれているので、一緒に出演してくれませんか」

思い出すと、わざわざ呼び出されて宗家にお供し、晴れやかな舞台に立つことが幾度もあった。そんな宗家の静香に対する特別扱いが、家元補佐であった禾本瑞希の嫉妬の炎を燃え上がらせ、怨恨の思いを益々積み重ねていく原因となったのであろう。

前奏、後奏を入れても五分ほどの祝賀の詞が、あたかも何時間も続いているかのように会場の人々は陶酔していた。パン、と撥が弾く琵琶の弦音が途切れ、宗家が舞台の中央に平伏し、静香が式台の後ろで深々と頭を下げた時、会場の四百人余りはスタンディングオベーションを送る。会員の誰もが感動の渦に巻き込まれている。舞台の緞帳が完全に下がりきっても、会場を揺るがすほどの拍手は鳴りやまなかった。古くからの経緯を承知している女性会員は、誰もがハンカチを取り出して涙を拭っている。

静香は舞台係に促されるまで、緞帳の後ろの式台に手を突いたままで立ち竦んでいたが、やがて十年もの長い間、喉の奥につかえていた塊が、ゆっくりと胃腑に下って行くのがわかった。

「会場の皆様にお願い申し上げます。只今より宴会の準備をホテルが行いますので、大変恐れ入りますが、皆様には別室の控室か、ホテルロビーにて三十分ほどお待ち下さい」

会場にホテルのアナウンスが流れている。静香はようやく気を取り直して、舞台裏の出演者控室として借りている小部屋に歩いて行った。控室は三部屋あり、一つは剣詩舞出演者更衣室、二つ目は一般来賓控室、三つ目は会主の控室に当てられていた。会主控室には、六脚ほどの椅子がテーブルを挟んで両側に向かい合って置かれている。部屋に入ると着物姿の栄子がちょこんと座っており、それと向かい合って宗家に同伴して来たのであろう、詩選流総本部事務局長の卯野整風がニコニコしながら座っていた。

「あら、卯野先生にもお越しいただいたのですか。驚きました。本当に有難うございます」

「いえいえ、その節は我々の力不足で、夕照会の禾本二代目の我儘を結果的に黙認してしまうことになり、千田先生は元より、会員の皆様には大変なご迷惑をおかけしました」

「とんでもございません。全ては当時の私が支部経営を規則通りにやれなかったことの結果ですから、ご迷惑をおかけしたのは私たちの方です」

その時、着物姿から背広の平服姿に着替えた宗家が、脱いだ衣類を包んだ大きな風呂式包みを胸に抱いて部屋に入ってきた。宗家は静香とは三歳違いだから、今年六十四歳になったばかりであるはずなのに、すっかり白髪が増えていた。

「やあ、千田先生、今日は驚かせてすみませんでしたねえ。栄子先生には、二〜三日前に電話してお願いしたのですが、千田先生に前もって伝えると、何かとお気を遣わせることになるだろうから、栄子先生には黙っておいていただいたのですよ」

とにこやかに話す。隣の栄子も微笑んでいる。

「倉道宗家、もう私は卒倒しそうでしたよ」

「それは、それは、申し訳ありませんでした」

「そういえば宗家、十年前の発会式では大きなスタンド花をお贈りいただき、お手紙を差し上げたきりで、碌にお礼も申し上げてなくて、すみませんでした」

「いやいや、あの時は夕照会のゴタゴタさえ解決できなくて、宗家としての力不足を思い知らされました。迷惑をかけましたねえ」

「とんでもございません」

そこへ会場の用意ができましたとホテルのスタッフが伝えにきたので、揃って宴会場に向かうことになった。

第四節　邂逅

　大津プリンスホールに整然と配置された六十もの円卓の上には、様々な食器類や酒瓶が並べられ、すでに祝賀会を始める用意が整っていた。会場正面の壁面には、近江偲静流吟詠会創立十周年記念祝賀会と大きく書かれた横断幕が掛けられている。

　正面中央の第一テーブルには、詩選流吟剣詩舞会三代目宗家・倉道洛風、同じく宗家に同伴して来会した詩選流総本部事務局長の卯野整風、会主・千田汀鳳、薩摩琵琶奏者の花谷栄子、創立時の理事長で現在相談役の矢吹政鳳、現理事長の水野水鳳の六名、左右のテーブルには膳所馬場町の町内会長や膳所公民館の使用を長年の間許してくれた館長他の町内の招待者、二〜三列目には十年前に詩選流総本部剣詩舞道場に移籍してこの日にゲスト出演してくれた剣扇の舞士たち四十五名が衣装を改めて席を埋めている。その続きの卓を囲んでいるのは県内七十三カ所の詩吟教室で指導に当たっている講師たちである。近江偲静流の男性会員は全員が黒の略礼服に白ネクタイであるが、女性会員はそのほとんどが付下げか、小紋の着物姿であるので、会場がとても晴れやかである。

全員が着席したところで、司会者が祝賀会の開会を告げる。

「開宴の挨拶、水野水鳳理事長」

静香の大学時代から仲の良い友人である水野は、長く中学校の校長を務めてきたが、昨年三月に退職している。

「ご指名を賜りましたので、開宴にあたり一言ご挨拶させていただきます。

本日、近江偲静流吟詠会創立十周年の記念発表会を開催いたしましたところ、思いもよらず、京都から社団法人詩選流吟剣詩舞会宗家・倉道洛風先生、並びに総本部事務局長の卯野整風先生に御出演、御臨席の栄を賜り、会員一同、大変感激いたしております。有難うございます。

また、膳所馬場町町内会長・尾形達也様、膳所公民館長・近藤恒夫様はじめ、町内のお世話役の皆様には長年にわたり、私たちの活動をご支援賜り、誠に有難く厚く御礼を申し上げます。

さらに、会主のご尊母で錦心流薩摩琵琶演奏家・花谷栄子先生には、久しぶりに素晴らしい琵琶を聴かせていただき、感動いたしました。有難うございました。

さて、私たちは十年前に詩選流夕照会を脱会した時、千田会主を慕う者が寄り集まって近江偲静流吟詠会を立ち上げました。そこに至る経緯は色々ありましたが、詩選流総本部、並びに、倉道宗家には大変なご迷惑をおかけいたしましたことに対しまして、ここに改めまして心よりお詫び申し上げます。

思い起こせば十年前の一月に夕照会を離れて、これからは静かに暮らしてゆくと心に決めておられた静香先生のところに、私たち七人の発起人が幾度も押しかけ、とうとう先生を再び吟界に呼び戻してしまいました。かつて夕照会の県南支部で活躍していた百三名の会友も臆することなく連署して、静香先生の再起を促しました。

私は、本日、このように三百六十七名の会員による十周年記念発表会を盛大に開催できる日がくるなどとは夢にも思わなかったのですが、これはひとえに千田汀鳳会主の神業的な吟力の魅力と、誰をも惹きつける温厚なお人柄の賜と心から感謝いたしております。

この十年間、会主を囲んで、私たちは家族のように、あるいは兄弟姉妹のように仲良く楽しく過ごさせていただきました。会主にはくれぐれもご健康に留意していただき、これからも末永く私たちを導いて下さいますようにお願い申し上げて、開会のご挨拶とします」

水野理事長は、会主とは長年の親友であるという個人的な関係には一言も触れず、理事長としての役責に徹した挨拶を行った。

「ここでご来賓を代表して、一般社団法人詩選流吟剣詩舞会三代目宗家・倉道洛風先生にご祝辞を賜ります」

司会者が理事長の挨拶中に来賓席に行って何かこそこそ耳打ちしていたのは、宗家に急な登壇を頼みに行っていたのであろう。宗家は司会者に紹介されると柔和な相貌を崩すことなく、すたすたと式台の後ろに立った。平服の背広の胸には真紅の大きなリボンが付けられている。

「詩選流吟剣詩舞会の倉道洛風でございます。ご指名を賜りましたので、一言、ご祝辞を述べさせていただきます。

本日は、会主・千田汀鳳先生、並びに近江偲静流吟詠会の皆様、創立十周年記念大会を開催され、盛会裏に終了されましたこと、誠におめでたく心よりお祝い申し上げます。

実は私が本日、招かれていないのに勝手に押しかけましたのは、会主・千田汀鳳先生と会員の皆様に、詩選流宗家として、この機会を借りて是非ともお詫びを申し上げなければならないと考えてのことです。

十年前、滋賀県詩選流地区本部夕照会の先代家元禾本李風先生がその創立時に定めた会則違反を理由に、当時の滋賀県南支部長を務めていただいていた千田先生に礼を失する処分を下し、その結果、千田支部長をはじめ、支部所属会員の三百有余名が詩選流を離れるという大変な仕儀に相成りました。

その会則違反というのが、地区内の支部の員数制限に関するものでありました。当流の初代宗家でありますが倉道洛風は、その創立にあたって全国に詩選流の拠点を拡散させるための戦略として、各都道府県ごとに詩選流の地区本部を設け、その運営責任者に地区家元の称号を与えて、昇段時の免許交付権限を付与することとしました。民間の企業経営に例えるとすれば、子会社の社長に、その会社の経営責任の全てを任せるのと同じであります。これは宗家や総本部が全国に散らばる拠点や会員を直接管理し指導するよりも、合理的であると考えたからでありましょう。

その卓越した発想のお陰で、詩選流は現在では、東は愛知、福井県から、西は鹿児島県まで、二十六の府県に地区本部と約三万人の会員を擁するまでに発展して、日本吟界でも有数の流派にまで成長させていただきました。

初代宗家は県別に一人の詩選流家元を設けるという制度を定めた時、長年の歳月が経過する間には、どこかの地区内では、弟子の中に家元を凌駕するほどの優れた指導者が現れることもあり得るだろうと予想しました。そうなると、同じ府県内に二つ目の詩選流の団体が生まれることになり、同じ流派同士が互いに反目する事態も生じかねないと懸念されようです。そこで地区本部を認可する時の指導要領に、今後、地区各所に置かれる支部の会員数は一定数以下に制限した方がよいのではないかとの考えを盛り込みました。例えば百人以下と基準を示して、それ以上は新規の支部を創ることにすれば、家元に拮抗するような会員の塊が生まれるようなことはないだろうと考えたのでしょう。

　ところが二十六の地区本部の中、これを会則に条文として定めたのは夕照会のみでした。他の家元たちは、何といっても趣味の会ですから、運営面で円満に解決する方法もあり、地方公共団体の組織運営のように四角四面に考えることは必要ないと考えたようです。

　十年前を振り返ると、当時の千田支部長率いる滋賀県南支部は三百二十五名と増え、大幅に夕照会会則に定めた制限規定を越えたので、会則の趣旨に従えば、分割して複数の指導者がそれぞれの支部の運営にあたるのが望ましい方向だったのでしょう。事実、千田先生はこの員数制限について大変悩まれ、私にも機会あるごとに相談してこられました。先生自身には、家元家と対抗しようというお考えなど全くなく、会則通り支部を分割することを心から望んでおられました。

　ところが皆様は胸に手を当てれば思い当たることもおありかと存じますが、お弟子さんたちが千田静香先生の下から絶対離れないと固く心に決めておられましたから、分割など人情としてできるものではありません。師弟関係というものは本来そのように強い絆で結ばれることこそ望ましいわけですが、不条理な会則との板挟みで、長く千田先生を苦しめることになりましたことは、三代目といえども宗家の責任を継ぐ者として大変申し訳なく、心からお詫び申し上げます。

先代の禾本李甫先生が急逝された時、最も望ましい家元継承の形として夕照会の最高幹部会の第一次案として私にご提示がありましたのは、当時、技量、実力、人格、共に申し分ない指導者として会員の尊敬を集めておられた千田静香先生を後継者に指名することでした。実は私も異議なくそうしていただきたいと願っていました。

しかし、一方で初代夕照会家元は、内科医師として病院を経営される傍ら、敷地の一角に、吟剣詩舞道場に供する目的で禾本会館を建設して会員に開放され、夕照会のその後の発展に大きく寄与されました。惜しむべきは八十一歳にして急逝されたのですが、千名にまで会員数が膨らんだ夕照会を継続していくためには、引き続き禾本会館を無償で使用させていただくことが、財務的な運営上、欠かすことのできない要件でした。

その会館を含め、禾本内科病院などの建物土地の全ての遺産を相続されたのは、一人娘である禾本瑞希さんでした。そうなるとその会館を今後も継続的に会員が利用させていただくためには、当時の禾本水甫家元補佐の了解が得られることが絶対条件となります。ところが皆様ご承知の通り、瑞希さんは父親の跡を継いで家元を継承したいと強く望まれ、最高幹部会の第一次案を拒否されました。

最高幹部会は悩んだ末に、瑞希さんの希望通り次の家元に推薦するが、千田静香先生を師範会長に任命し、実質的な流儀の継承を諮ることにしたいと妥協案を提示してこられました。地区本部における家元任命の最終的な決定権を有する宗家として私も悩みましたが、夕照会の財政が成り立たないのではどうしようもないので、已むなきこととしてそれを了承しました。

　ところが皆様もお聞き及びの通り、大変残念ながら、二代目禾本李甫家元先生は、新師範会長の実力を夕照会の誇りとして包み込むことはできなかったようです。静香先生の除名処分という極端な処置が、京都の本部に伝わってきた時、私は驚天動地のごとき驚きでもってそれを受け止め、即座に二代目に電話もし、また彼女自身を京都の本部まで呼び出したりもして、説得に務めました。私としては、大げさに申し上げれば、詩選流の宝を手の内から失うような気持ちに駆り立てられたからであります。

　解決案として旧県南支部を総本部の直轄支部に取り込むことも提案しましたが、二代目は滋賀県内の詩選流の勢力が二分するとの正論を主張して、これを認めることは拒否されました。たしかに初代倉道宗家が定めた『一つの地区に二派を生むべからず』との原則に従えば、私たちに反論する余地はなかったのです。

　かかる次第でありましたので、結果は皆様がよくご存じの通りでありまして、私どもの努力が実ることはありませんでした。これはひとえに私の力不足のせいであります。どうかお許しください。この通り皆様にお詫び申し上げます」

　倉道洛風宗家は式台の外に回ると、会場に向かって深々と頭を下げた。

「宗家が悪いわけではないです」

「宗家先生、大丈夫です。千田一門はこうして楽しくやらせていただいています」

「私たちは、今の状態に十分満足しています」

「近江偲静流吟詠会は、今日、創立十周年をめでたく迎えました。宗家先生、ご一緒にお祝いしてください」

会場のあちこちから様々な声が飛んだが、今さら、彦根夕照会の禾本二世家元を非難したり宗家を責めたりする言葉を、誰一人として声高に発することはなかった。千田汀鳳会主が日頃より、「吟道は人の道に通ず」と自ら実践してきた教えを、会員の一人一人が体得している証左である。

その時、千田会主が立ち上がり、倉道宗家に近づくと、その両手を取り、宴席に座るように導いた。会場の会員は、一人残らず立ち上がって倉道洛風宗家と汀鳳に激しく拍手する。ハンカチを手に持って涙を拭っている者が半数を占めていた。

司会はマイクを手にしていたが、会場が静まるまで待っている。

「プログラムでは、ここで千田会主から謝辞を述べていただくことになっていましたが、会主のご挨拶は祝賀会の締めにやっていただくことに急遽変更させていただきます」

司会の清水清鳳が、宴席に戻った宗家と汀鳳が未だに互いに手を握り合ったままで、ぽろぽろと涙をこぼしている姿を見て、急遽、進行を変更したのである。

「祝宴の開始に先立って、本日、わざわざ宗家と共に京都からおいでいただきました総本部事務局長の卯野整風先生に、乾杯のご発声をお願いいたしたく存じます。卯野先生、どうぞよろしくお願い申し上げます」

三代目倉道洛風宗家は、静香よりわずか三歳年上にすぎないから、高齢といってもまだ若い。それに対し、事務局長の卯野整風は先代の二代目宗家の時代にも副事務局長として補佐してきた男であるから、今年、七十五歳になるはずである。総白髪の事務局長は、しかし、元気な足取りで演台に用意されたマイクの前に立った。

「近江偲静流吟詠会の会主、千田汀鳳先生、並びに会員の皆様、本日は創流十周年、誠におめでとうございます。貴会の今後益々のご発展と、千田会主、並びに、会員の皆様のご健勝とご活躍を心より祈念申し上げて乾杯いたします。

どうぞご唱和願います。……カンパーイ」

四百有余名が一斉に杯を高々と掲げて唱和した。

〈完〉

著者プロフィール

久米 章之（くめ のぶゆき）

昭和17年5月生まれ
岡山県久米南町出身
京都市在住

著書
『男たちの秘密』（2020年 文芸社）
『臥龍の夫婦―ある商社マンの起業物語―』（2021年 文芸社）

小説 詩吟家元物語

2023年8月15日 初版第1刷発行

著 者 久米 章之
発行者 瓜谷 綱延
発行所 株式会社文芸社
〒160-0022 東京都新宿区新宿1－10－1
電話 03-5369-3060（代表）
03-5369-2299（販売）

印刷所 株式会社暁印刷

ISBN978-4-286-24434-1